西村京太郎

十津川警部捜査行
北国の愛、北国の死

実業之日本社

実業之日本社文庫

十津川警部捜査行　北国の愛、北国の死／目次

おおぞら3号殺人事件

1

年齢《とし》をとると、たいてい、気難《きむずか》しく、説教好きになる。

捜査一課の亀井《かめい》刑事も、同じだった。まだ四十五歳だが、東北の仙台《せんだい》に生まれ、高校を卒業すると同時に上京し、苦労してきただけに、今の若者のぜいたく志向が、気に食わない。

姪《めい》の一人で、大学四年になる風見典子《かざみのりこ》が、夏休みに、北海道一周の計画を立てたときにも、亀井は、千歳《ちとせ》まで、飛行機で行くということに反対した。

「飛行機なんかで行ってしまったら、本当の旅の楽しさなんか味わえないぞ。汽車を乗りついで行ってこそ、東京から、はるばる北海道へ行ったという実感がわくんだ。

それに、学生時代だからこそ、時間をかけた旅が出来るんだろう。社会人になっても出来るような飛行機旅行はよせ」

そんな亀井の言葉に、納得したのかどうか、典子は、飛行機を使わず、夜行列車で青森《あおもり》まで行き、青函《せいかん》連絡船で北海道にわたることにしたといってきた。

出発は、八月一日というので、亀井は、上野《うえの》駅まで、彼女を送りに行った。

一九時五三分上野発青森行きの「ゆうづる3号」に乗るというので、亀井が、一九時三〇分に着いてみると、典子は、二十七、八歳の背の高い男と一緒だった。

「こちら、花井《はない》さん」

と、典子が、紹介すると、男は、ニッコリ笑って、

「花井友彦《ともひこ》です」

といい、名刺をくれた。

通産省事務官の肩書のついた名刺だった。

亀井は、「ちょっと」と、典子を、引っ張って、

「どうなってるんだ？」

「何が？」

「男が一緒の旅だとは、いわなかったじゃないか」

「彼、立派な人よ」

「結婚するのか？」

「プロポーズはされてるの。私が、大学を卒業したら、結婚してくれって」

「お前は、どうなんだ？」

「悪くはない相手だと思ってるわ。エリート官僚の卵だし、美男子だし――」

「お母さんは知ってるのか？」

「二度ほど、家に連れて行ったことがあるわ」

「そうじゃない。今日、彼と一緒に旅行することをだよ」

「いってないの。だから、叔父さんも黙っていてね。お願いよ」

典子は、手を合わせる真似《まね》をした。

亀井も、ここで、反対するわけにもいかず、

「馬鹿な真似はするなよ」

と、いっただけだった。

やがて、発車のベルが鳴り、二人の乗った「ゆうづる3号」が、ホームを離れて行った。

すでに、周囲は、暗くなっている。その中に、「ゆうづる3号」の赤いテールライ

トが吸い込まれるように消えて行くのを見送ってから、亀井は、改めて、男のくれた名刺に眼をやった。

（エリート官僚の卵か）

と、呟《つぶや》いた。

いかにも、頭の切れそうな顔をしていた。

たぶん、あの男は、出世コースを歩いて行くだろう。

（だが、おれは、ああいう男は好きになれん）

2

「ゆうづる3号」は、寝台特急である。

向かい合った寝台に腰を下ろし、十一時近くまで、お喋《しゃべ》りをしたり、トランプで遊んだりしてから、典子は、「おやすみ」といって、自分のベッドにもぐり込んだ。

カーテンを閉めて、横になり、眼を閉じると、今まで聞こえなかった単調な車輪の音が、急に、聞こえ出した。正確にいえば、車輪が、レールの継《つ》ぎ目を拾う音である。

典子は、隣りの寝台にいる花井のことを考えた。

花井と初めて会ったのは、去年の秋の文化祭のときだった。花井は、大学のOBとして、やって来たのである。

花井のほうは、最初から、典子に関心を持ったというが、彼女のほうは、何の関心も持たなかった。

文化祭のあと、花井のほうから、誘いの電話が、ひっきりなしにかかってきて、つき合うようになったのである。

それでも、どこか冷たさの感じられる秀才肌の花井を、なかなか好きになれずにいたのだが、典子の家に、毎週日曜日、花を送ってくるようになってから、次第に魅《ひ》かれるようになった。

今度の旅行で、叔父が、飛行機なんか使うなといっていると、典子が伝えると、花井は、自分も、そのほうがいいと思うと、いってくれた。

通産省のほうへは、四日間の年次休暇をとったという。日曜日が入るから、丸五日間の休みになった。

花井との間は、キスまでしか進んでいなかったが、今度の旅行で、行くところまでいくのではないかという予感を、典子は、持っていた。そうなってもいいと、彼女は、思っていたし、そうなれば、かえって、彼と結婚する決心がつくだろうとも、思っている。現在、あいまいな気持ちでいるのは、大学を出たあと、二、三年、社会人としての生活をしてみたい気持ちもあったからである。もちろん、花井と結婚してからも、勤めに出ればいいいのだが。

「ゆうづる3号」は、常磐線《じょうばん》回りで、平《たいら》に、二二時三〇分に停車してからは、仙台まで停車しない。

列車は、六十キロ台のスピードで走り続けている。上り列車とすれ違うとき以外は、神経をいらだたせる音は聞こえないのだが、典子は、なかなか、眠れなかった。

やはり、花井と二人だけの旅行ということで、緊張があるのだろう。

仙台に停車した。

枕元の明かりをつけて、腕時計を見ると、午前〇時三十五分である。

ここからは、終着の青森まで停車しない。

(なかなか眠れないな)

と、思っているうちに、典子は、いつの間にか眠ってしまった。

周囲のざわめきで眼をさまし、カーテンを開けると、花井が、ベッドからおりて、微笑していた。

「お早う」

と、彼がいう。

窓の外が、明るかった。典子は、眼をこすりながら、

「今、何時頃?」

「四時半だよ。青森に着くのが、五時八分だから、そろそろ、支度《したく》をしたほうがいいな」

と、花井がいう。

典子は、着がえをしてから、顔を洗いに、ベッドをおりた。

車両の端にある洗面所では、乗客たちが、朝のあいさつをしながら、順番を待っていた。昨日までは、全くの他人だったのに、一夜を、同じ列車内で過ごしたという連帯感があるせいか、お互いに、笑顔であいさつしている。こんなところが、夜行列車の旅のよさだろう。

顔を洗い、化粧を直している間に、列車は、青森市内に入って行った。

定刻の五時〇八分に、「ゆうづる3号」は、青森駅に着いた。

飛行機に、北海道への客をとられているとはいっても、夏休みに入っているせいか、若い観光客で、ほぼ満員の列車から吐き出された乗客は、青函連絡船に乗るために、長いホームを小走りに、歩いて行く。

跨線橋《こせんきょう》にあがると、窓から、連絡船の特徴のある煙突が見えた。それが、手に取る近さに見えて、典子は、思わず、

「船だわ」

と、叫んでいた。

3

青森は、北海道への通過点といわれている。とすれば、北海道への旅は、青函連絡船に乗ることから始まるといっていいかもしれない。

ドラが鳴って、五三七六トンの大雪《たいせつ》丸は、青森の桟橋《さんばし》を離れた。

遊歩甲板に出て、花井と肩を並べ、ゆっくりと遠ざかって行く青森の町を眺《なが》めていると、改めて、旅に出たのだという気分になってくる。飛行機を使わず、列車と、青函連絡船にしてよかったと、典子は、思った。

津軽《つがる》海峡は、おだやかだった。

陽が、次第に高くなっていったが、東京のような暑さではなかった。

典子たちと同じような若いカップルが、甲板で、写真を撮っている。典子と花井も、

船員に頼んで、カメラのシャッターを押してもらったりした。

青森から函館《はこだて》まで、四時間足らずの航海である。その間に、食堂で、千円の北海定食を食べたり、「海峡」という名のサロンでお茶を飲んだりして、過ごした。

やがて、前方に、函館の港が見えてきた。

「この先、ちょっと強行軍になるんだが、我慢してくれよ」

と、花井は、甲板で、近づいてくる函館の町を見ながら、典子にいった。

「かまわないわよ。若いんだから」

典子は、笑ったが、寝台特急「ゆうづる」の中で、あまりよく眠れなかったので、少しばかり、眠かった。

「函館から、釧路《くしろ》行きの特急に乗るんだが、ふんぱつして、グリーン車にしたから、疲れていたら、車内で眠りなさい」

と、花井は、いってくれた。

大雪丸が速度を落として、函館港に入って行くと、タグボートが近づいて来た。

大雪丸は、そのタグボートに、横腹を押されて、ゆっくりと、岸壁に接岸する。

ブリッジを渡って、函館駅のホームに入ると、典子たちの乗る釧路行きの「おおぞら3号」は、すでに、入線していた。

まだ、発車まで十分近くあるというので、典子は、東京の母親に、電話をかけた。

花井と一緒だとはいってないので、

「今、函館。これから釧路行きの列車に乗るの」

とだけ、母にいった。

「女のひとり旅なんだから、気をつけなさいよ」

母がいった。

さすがに、ちょっぴり後ろめたさを感じながら、「大丈夫よ」といって、電話を切ったのだが、ふと、横を見ると、五、六メートル離れた電話で、花井が、受話器を手にしていた。

百円玉を、入れながらかけているところをみると、遠距離なのだろうが、典子が、おやっと思ったのは、花井が、東京では、ひとり住まいだったからである。

彼の両親は、九州にいる。九州へかけたのだろうかと思っているうちに、花井は、受話器を置き、

「さあ、出るよ」

と、典子に、いった。

釧路行きの「おおぞら３号」は、午前九時四〇分に出発した。

北海道は、一部の幹線しか電化されていないので、気動車が、幅を利《き》かせている。釧路行きの「おおぞら3号」も、気動車特急である。

以前は、古い型の気動車が使われていたのだが、昭和五十六年頃から、183形といわれる新しい気動車特急が、走り出した。

北海道用に設計されたこの183形は、角張った前面と、除雪用のスカートが特徴である。

淡いクリーム色と、赤色のツートンカラーの車体は、白い色になった冬の北海道の景色には、きっと、よく似合うだろうと、典子は思った。

今は、緑の季節だが、緑にも、クリームとレッドのツートンは、素敵なコントラストを見せていた。

十両編成の前面には、「おおぞら」の文字と、北海道のシンボルである丹頂鶴《たんちょうづる》が、二羽描かれたヘッドマークがついていた。

新しい車両なので、車内は、きれいだし、一両だけあるグリーン車は、座席が、フルリクライニングになっている。

典子は、座席に腰を下ろすと、すぐ、座席を倒した。

グリーン車は、六〇パーセントほどの乗車率だった。

函館発の列車は、南の室蘭《むろらん》本線経由と、北の小樽《おたる》を通る函館本線経由に分かれている。二人の乗った「おおぞら3号」は、室蘭本線を経由して、釧路までである。

函館を出てからは、長万部《おしゃまんべ》、洞爺《とうや》、東室蘭、登別《のぼりべつ》と、停車して行く。

空は、よく晴れていて、函館を出て間もなく、山頂のとがった駒ヶ岳《こまがたけ》が見え、大沼《おおぬま》公園の横を通り、そこを抜けると、右手に、内浦湾《うちうら》が見えてくる。

長万部着が、一一時一〇分。「おおぞら3号」には、食堂車がついていない。その代わり、グリーン車に、売店コーナーがついていて、そこで、駅弁や、お茶などを売っている。

長万部を出たところで、花井が、売店で、駅弁と、お茶を買ってきてくれた。

売店には、電子レンジが備え付けてあるので、弁当は、あたたかくしてくれる。

典子は、車窓の景色を楽しみながら、あたたかい弁当を食べた。

列車は、内浦湾のほとりを走り続けている。

食事がすむと、急に、眠くなってきた。典子が、眼をこすっていると、花井が、笑いながら、

「釧路へ着くのは、夕方の七時過ぎだから、少し眠りなさい」

と、いってくれた。

「ごめんなさい」

「かまわないさ。僕も、少し眠ろうと思ってるんだ。寝台特急の中で、よく眠れなかったんでね」

花井は、そういって、窓のカーテンを引いてくれた。

典子は、いつの間にか、眠った。

4

眼がさめたとき、「おおぞら3号」は、いぜんとして、走り続けていた。

隣りの花井が、典子の顔を、のぞき込むようにして、

「眼がさめた?」

「今、どの辺?」

典子は、カーテンを開けて、窓の外を見た。

「石勝線《せきしょう》を走っているところだよ。昭和五十六年に開通した新線だよ。この線が出来たおかげで、釧路までが、近くなった」

と、花井が、いう。

千歳空港駅と、根室《ねむろ》本線の新得《しんとく》駅の間、一三二・四キロを結ぶのが、石勝線である。この線が出来るまでは、日高《ひだか》山脈を迂回《うかい》し、遠く、旭川《あさひかわ》経由で、行かなければならなかった。

石勝線は、その日高山脈を、トンネルでぶち抜いている。単線だが、新幹線と同じように、全線が、コンクリートの枕木とロングレール、それに、踏切は一ヵ所もない。

「あッ」

と、典子が、声をあげたのは、防雪用のスノー・シェルター内を、列車が、通過したからである。有名な豪雪地帯を走るので、信号所や、駅の近くには、かまぼこ形のスノー・シェルターが、設けられている。

列車は、スピードをあげて、石勝高原を走り抜けるが、コンクリートの枕木と、ロングレールのせいで、ゆれは少ない。

「眼やにがついてるよ」

と、花井がいった。

典子は、あわてて、ハンカチで眼をこすってから、顔を洗いに、席を立った。

洗面所で、顔を洗いながら、変だなと、ふと思った。

眼やにが、よく出る人がいるかもしれないが、典子は、今まで、目覚めるとき、眼やにがついていると、いわれたことはない。

（本当に、眼やにがついていたのだろうか？）

そう思ったが、べつに、考え込むことでもないと思い、化粧を直してから、席に戻った。

列車は、新狩勝《しんかりかち》トンネルに入った。抜けると、根室本線である。

広大な十勝《とかち》平野を走り、帯広《おびひろ》に着いたのは、一七時〇五分だった。

ここで、かなりの乗客が降りた。

二分停車で、「おおぞら3号」は、帯広を発車した。

池北《ちほく》線との分岐点、池田《いけだ》に停車したあと、列車は、南下して、太平洋岸に出た。青い海が、窓の外に広がり、それが、終着、釧路に近づくにつれて、夕闇の中に、沈んでいく。

終着の釧路に着いたのは、一九時一五分、午後七時十五分だった。

ホームにおりると、夏の盛りだというのに、風が、頰《ほお》に冷たかった。

5

ほぼ同じ時刻。

千歳空港と、札幌を結ぶバイパスの途中にあるモーテルの一室で、ルーム係の女が、女性客の絞殺死体を発見して、悲鳴をあげていた。

「夢の城」という名前で、どこか安物のベルサイユ宮殿を思わせるモーテルである。

ルーム係は、すぐ、マネージャーに知らせ、マネージャーは、顔をしかめながら、警察に、電話した。

二十五、六分して、札幌から、道警本部捜査一課の刑事たちが、パトカーで、駈《か》けつけた。

三浦《みうら》警部は、ベッドの上に、仰向けに横たわっている死体を、仔細《しさい》に見つめた。

年齢は三十歳前後、身長一六〇センチぐらいだろう。のどには、絞《し》めたときの指の痕《あと》が、はっきりとついている。

部屋の隅には、被害者のものと思われるハンドバッグが落ちていた。

二十万円近く入った財布は、そのまま、ハンドバッグの中にあった。

「運転免許証があります」

と、部下の鈴木《すずき》刑事が、ハンドバッグの中から、見つけ出して、三浦に示した。

〈東京都世田谷《せたがや》区太子堂《たいしどう》——番地

　太子堂ハイツ三〇七　小林《こばやし》夕起子《ゆきこ》〉

運転免許証の住所と名前は、そうなっていた。年齢は、やはり、三十歳だった。

「東京の女か」

と、三浦は、呟いてから、

「すぐ、東京へ連絡して、この女のことを、調べてもらわなきゃならんな」

「ハンドバッグの中に、全日空の搭乗券の半券が入っていました」

「東京から、千歳へのか？」

「そうです」

「君は、空港へ行って、くわしいことを調べてきてくれ」

三浦は、そういって、鈴木を、千歳空港に走らせてから、このモーテルのマネージャーに会った。

「被害者のことを覚えているかい？」

三浦がきくと、中年のマネージャーは、帳簿を繰りながら、

「お顔は見ませんでしたが、一時四十分に、お入りになったお客様です」

「ひとりで来たんじゃないだろう？」

「はい。男の方と一緒でした」

「その男の顔も、見ていないわけか？」

「私どもでは、お客様とは、顔を合わせないシステムになっておりますので」

「二人は、車で来たのかね？」

「はい」

「その車は？」

「それが、見つかりません。たぶん、男の方が、乗って行ったものと思います」

「男が逃げたのは、何時頃だ？」

「それが、わかりません」

「なぜ？」

「実は、泊まりの料金をお払いになったので、てっきり、明朝、ご出発になるものとばかり思っていたわけです。それが、いつの間にか、車がなくなっているので、ルーム係が、部屋をあけてみたところ、女の方が、死んでいたというわけです」

「車は、どんなやつだったかね？」

「白いソアラのGTでした。あれは、レンタ・カーですよ」

「それ、間違いないね？」

「ええ。間違いありません」

マネージャーは、きっぱりといった。

被害者は、どうやら、東京から飛行機で、千歳空港にやって来たらしい。男も、同じだろう。とすると、車は、空港のレンタ・カー営業所で借りたものかもしれない。

死体は、解剖のために、札幌の大学病院に運ばれた。

三浦も、札幌の道警本部に帰った。が、帰ってすぐ、千歳空港へ聞き込みに行った鈴木刑事から、電話が入った。

「被害者の乗って来た飛行機がわかりました。東京発一〇時五〇分で、千歳着一二時一五分の全日空五七便です。彼女は、本名の小林夕起子で、乗っています」

と、三浦が、いった。

「被害者と一緒だった男がわかったかね？」

「それが、わからないんです。この五七便に搭乗して来たスチュワーデスやパーサーに聞いてみたんですが、機内は、夏休みで満員だったそうで、被害者のことを、覚えていないんです。五七便は、ボーイング747SRで、定員五百人のジャンボ機ですから、無理もありませんが」

「なるほどね。乗客名簿は、手に入ったのか？」

「コピーしてもらいました」

「被害者は、千歳空港で、レンタ・カーを借りているようなんだが、その線は、どうなんだ？」

「それも、これから報告しようと思っていたところです。空港に出入りしているタクシーを当たってみたところ、被害者らしき女性を乗せたという証言は得られませんので、二つのレンタ・カー営業所に当たってみたところ、被害者の名前が、見つかりました。今日の午後一時に、白のソアラGTを、借りています。予定では、五日間借りるということになっていますから、レンタ・カーで、道内を回ろうと計画していたのではないかと思います」

「そのとき、被害者は、一人で車を借りに来たのかね？」

「営業所の話では、女性が一人で借りに来たそうです。所員が、おひとりですかときいたところ、彼女は笑っていたから、ああカップルで道内旅行するのだなと、思ったといっています」

「午後一時に借りに来たのは、間違いないんだな？」

「そのとおりです」

鈴木が、いった。

モーテル「夢の城」のマネージャーは、被害者と男は、一時四十分に来たといっていた。

千歳空港から、そのモーテルまで、車で約二十分の距離である。まっすぐに来たとすると、多少、時間がかかり過ぎているが、寄り道をしたとすれば、べつに、不自然ではない。

むしろ、時間ということを考えれば、一二時一五分着の飛行機で着いた被害者が、四十五分後の午後一時に、レンタ・カーを借りたほうが、気になった。

もっとも、千歳に着いたあと、昼食をとったとすれば、時間は、合うのだ。

「空港周辺のレストランなどに当たって、飛行機を降りた被害者が、食事をとったかどうか調べてみてくれ」

と、三浦は、鈴木にいった。

大学病院での解剖の結果が出たのは、翌八月三日の朝になってからだった。

午前九時に、三浦は、その報告を受けた。

死亡推定時刻は、八月二日の午後一時から二時までの間で、死因は、やはり、くびを絞められたことによる窒息死である。

胃の内容物から、死亡する一時間前頃、ミックスサンドイッチを食べたことが、わかった。

三浦は、千歳空港に着いてから、レストランで、昼食をとったのではないかと考えていたのだが、サンドイッチしか食べていなかったのである。これは、三浦には、意外だった。

鈴木刑事は、空港周辺のレストラン、喫茶店、あるいは、そば店などを当たったが、被害者と思われる女性の目撃者は出なかった。パン屋の店頭でサンドイッチを買い求め、それを、車の中か、あるいは、モーテルに着いてから食べたとすれば、目撃者が見つからなかったのは、当たり前かもしれない。

三浦は、東京の警視庁に、電話で、捜査の協力を要請した。

被害者小林夕起子の異性関係を調べてもらい、その名前と、全日空五七便の乗客名簿を照合すれば、自然に、犯人が浮かびあがってくるだろう。

6

「カメさん」

と、捜査一課の十津川《とつがわ》警部は、亀井刑事を呼んで、メモを渡し、

「道警本部からの捜査依頼だ。この女性が、昨日、向こうのモーテルで殺された。一緒に行った男が犯人らしい」

「世田谷区太子堂の小林夕起子ですか」

「変な顔をしているが、カメさんの知ってる名前かい？」

「いや。知りませんが、私の姪が、ちょうど、北海道旅行へ行っていまして――」

「確か、大学生の？」

「そうです」

「今、夏休みだろう？　それなら、いいじゃないか」

「それが、男と二人だけで行っているんです。まあ、将来、結婚するようなんですが」

亀井が、ぶぜんとした顔でいってから、若い西本《にしもと》刑事を連れて、部屋を出た。

まだ十時前だが、すでに、三十度近いかんかん照りだった。

小太りの亀井は、汗かきである。冷房のきいた地下鉄の中でも、しきりに、ハンカチで汗を拭《ふ》いていた。

目的のマンションは、東急《とうきゅう》世田谷線の西太子堂駅から、歩いて七分ほどのところにあった。

建ってから、十二、三年くらいの落ち着いた感じのマンションである。

三〇七号室にあがると、ドアのところに、

〈八月六日まで旅行しますので、新聞を入れないで下さい〉

と書いた紙が、セロテープで、とめてあった。

管理人に、鍵を開けてもらって、部屋に入った。

クーラーがとめてあるし、窓が閉め切ってあるので、むっとする熱気が、亀井たちに襲いかかってきた。

亀井は、ベランダに向いて取りつけてあるクーラーのスイッチを入れてから、

「参ったね」

と、吹き出る汗を拭いた。

「北海道は、東京に比べたら、涼しいんでしょうね」

西本が、呑気《のんき》なことをいった。

「しかし、死んだら、暑いも、涼しいもないよ」

「いえ。さっき、姪御さんのことをいっておられたので――」

「ああ、あれか」

第一日目は、釧路に一泊し、次の日は、サロマ湖を見に行くといっていたから、今頃は、その途中かもしれない。

亀井と、西本は、2LDKの部屋の中を、調べることにした。

全体に、落ち着いた感じなのは、三十歳という年齢のせいだろう。

居間の調度品は、かなり高価なものと思われた。

洋服ダンスの中には、ミンクのコートも入っている。立派な三面鏡の引出しには、宝石類が、無造作に入れてあった。

「小林夕起子さんというのは、何をしている人なの？」

亀井は、入口のところに立っている管理人にきいてみた。

「六本木で、ブティックをやっていると聞きました。高いものしか置いてないそうですよ」

と、管理人がいう。

そういわれてみると、洋服ダンスの中身は、ミンクのコートのほかにも、高そうなものが一杯だった。

ライティングデスクのふたを開けた西本が、

「これを見て下さい」

と、小さな額縁《がくぶち》に入った写真を取り出して、亀井に見せた。

男と女が、写っている。

女は、おそらく、小林夕起子だろう。

男のほうは、背が高い。

ふいに、亀井の顔色が変わった。男の顔に、見覚えがあったからである。上野駅で、姪の典子に紹介された男ではないか。

亀井は、あわてて、名刺入れを出し、そこに入れたあの男の名刺を取り出した。

通産省事務官の花井友彦とある。

「どうされたんですか？」

と、西本がきいたが、亀井は、返事をせずに、ライティングデスクの引出しを開け、そこに入っている手紙や、写真を、次々に、取り出した。

二人で写っている写真は、何枚か出てきたが、花井友彦の名前の手紙は、見つからなかった。

（似ているが、別人かな？）

と、思い、それならいいのだがと考えながら、なおも、引出しを調べていた亀井は、名刺の束《たば》を見つけた。

それを、一枚ずつ調べていった亀井は、あの名刺につき当たった。花井友彦の名刺である。

亀井は、その名刺を自分のポケットに入れたあと、西本に、

「男名前の手紙と名刺を、持って帰ってくれ」

と、いった。

7

警視庁に戻ると、亀井は、男名前の手紙と名刺を書き出して、それを、道警本部の三浦警部に伝えた。花井友彦の名前も、考えた末に、その名簿に付け加えた。

全部で、十七名である。

道警では、その名簿と、八月二日の全日空五七便の乗客名簿とを、照合するだろう。

亀井は、その一方、電話を、典子の家にかけた。

電話口に出た母親に、「私だ」と、いってから、

「典子から、電話があったら、至急、私にかけるようにいってくれ」

「何か急用でも？」

「そうだ。急用だ。私は、今日は、ずっと警視庁にいるからね」

と、いい、電話番号を伝えた。

典子から、電話が警視庁に入ったのは、午後六時を過ぎてからだった。

「今、サロマ湖の近くにあるホテルへ入ったところだけど、どんな急用なの？」

と、典子が、きいた。

「今も、花井という男と一緒か？」

亀井は、声を低くしてきいた。

「ええ。もちろんだわ」

「彼は、電話の傍にいるのか？」

「いいえ。今、下のロビーに行ってるけど、彼を呼ぶの？」

「彼がいないほうがいいんだ。いいか、大事なことだから、冷静に、正確に答えてもらいたいんだ。昨日の八月二日は、花井と一緒だったか？」

「ええ。朝の九時一五分に、連絡船で函館に着いて、九時四〇分発の『おおぞら3号』に乗ったわ。終点の釧路に着いたのは、夕方の七時一五分。そのあと、ホテルで、食事をしたわ」

「そうだと、午後一時から二時までの間は、列車の中だったことになるな?」

「ええ。『おおぞら3号』の中だわ。それがどうかしたの?」

「列車の中では、ずっと一緒だったんだろうね?」

「もちろんよ。だから、一緒に、釧路に着いたんじゃないの」

電話の向こうで、典子が、笑っている。

「函館で乗ったときも、一緒だね?」

「ええ。いったい、何があったの?」

「いや。何でもないんだ。ずっと一緒だったのなら、問題はない。旅行を楽しみなさい」

と、いって、亀井は、電話を切った。

道警からの返事もきた。

それによれば、亀井が知らせた十七名の男のうち、全日空五七便の乗客名簿と一致したのは、一人だけだったという。

〈片山貢《かたやまみつぐ》（三十歳）繊維問屋「新川」店員〉

住所も書いてあった。

この男一名ということは、全日空五七便に、花井友彦は、乗っていなかったことになる。少なくとも、その名前では、乗っていなかったということである。

花井は、典子と一緒に、青函連絡船に乗って、北海道へ入ったのだから、当然なのだ。

そう考えると、亀井は、ほっとした。が、また、不安になってきた。

典子は、花井という男が好きらしい。しかし、その花井には、小林夕起子という恋人がいた。仲よく、身体を寄せ合うようにしているあの写真を見れば、恋人同士としか考えられない。しかも、その小林夕起子は、昨日、殺されているのだ。典子たちが行っている同じ北海道で。

典子は、このことを、知っているのだろうか？

「また、浮かない顔をしているね」

と、十津川にいわれて、亀井は、迷った末に、すべてを話した。

「花井という青年が、犯人だとは思わないんですが」

「そうだね。八月二日の朝から夕方まで、カメさんの姪御さんと列車に乗っていたのなら、殺せないよ。被害者は、モーテルの中で殺されていたんだからね」

「そのモーテルは、千歳空港から、どのくらい離れているんですか？」

「道警の話では、車で二十分くらいの距離だそうだ。モーテルのマネージャーは、午後一時四十分に、レンタ・カーで、二人がやって来たといっている。千歳空港のレンタ・カー営業所で借りた車だ。列車に乗っていた人間には、絶対に殺せないな」

「そうですね」

亀井は、肯《うなず》いた。が、なぜか、落ち着けなかった。

西本と日下《くさか》が、「片山貢」という男のことを調べに出ていたが、午後四時頃には、帰って来た。

「片山の働いている『新川』という店に行って来ました。彼は、五日間の休暇をとって、北海道へ出かけたと、上司や、同僚がいっています。八月二日に出発して、知床《しれとこ》を回ってくるといっていたそうです」

と、西本が、報告した。

「被害者との関係は、どうなんだ?」

十津川が、きいた。

「被害者は、その店に客として、来ていたわけですが、その応対には、この片山が、当たっていたといっています。片山は、三十歳ですが、まだ独身です。男と女の関係が、あったかどうかは、わかりませんね」

西本は、そういってから、片山貢の写真を机の上に置いた。

同僚と、山で写したもので、写真で見る限り、中肉中背で、平凡な顔立ちの男である。

十津川は、亀井に向かって、

「この男のほうが、カメさんの姪御さんの彼より、疑いが濃いと思うよ。何しろ、八月二日に、被害者と同じ飛行機で、札幌へ行っているんだからね」

「そう思いたいんですが――」

「西本君。すぐ、道警本部に連絡して、片山貢の行方を追ってもらうんだ。この男が、どうやら、本命らしいからね」

と、十津川は、若い西本刑事にいってから、また、亀井に眼を向けて、

「カメさん、ちょっと、お茶でも飲みに行かないか」

と、誘った。

庁内の喫茶店で、アイスコーヒーを飲みながら、十津川は、

「君は、花井という姪御さんの恋人が、犯人だと思うのかね？」

と、亀井に、きいた。

亀井は、首を横に振った。

「今のところ、花井がやったとは思えませんが、そのことより、姪のことが心配なんです。自分じゃあ、しっかりしていると思っているようなんですが、花井という男が、女にだらしないことも、見抜けなかったわけですからね。花井にだまされているんじゃないかと、むしろ、そのことのほうが、心配なんです」

「まだ、大学生だったね？」

「そうです。来年、卒業します」

「今、北海道のどのあたりを旅行しているのかね？」

「今は、サロマ湖近くのホテルにいるようです。明日は、宗谷岬《そうやみさき》に行くといっていました」

「連絡がとれたんだね？」

「今日、電話がかかってきました」

「そのとき、連れの男に注意したほうがいいといったのかね？」

「自分の娘なら、そういうんですが、どうもいえませんでした。ただ、昨日の八月二日は、一日中、一緒だったのかときいただけです。そうしたら、函館で、『おおぞら3号』に乗ってから、釧路まで一緒だったというので、花井が、犯人ではないなと思ったんですが」

「なるほどね。大学四年なら、もう立派な大人だ。君が心配するほどのこともないんじゃないかな。それに、殺人犯でなければ、そのほうの心配もないからね」

「そうですね。私が心配するほどのこともないのかもしれませんね」

やっと、亀井の顔に、いつもの微笑が浮かんだ。典子は、花井が、前に、小林夕起子とつき合っていたのも、知っていたのかもしれない。それなら、亀井が、心配するほどのこともないだろう。

8

翌八月四日の昼頃に、道警本部の三浦警部から、電話が入った。

こちらで、電話に出たのは、十津川である。

「知床半島の民宿で、片山貢を見つけて、うちの刑事が、尋問《じんもん》しました」

と、三浦が、いった。

「それで、どんな感触でした？」

「片山は、八月二日の全日空五七便で来たことは、認めました。しかし、同じ飛行機に、小林夕起子が乗っていたのは知らなかったというのです。まあ、五百人もの乗客が乗っていたジャンボ機ですから、全く、嘘をいっているとは、断定できません」

「アリバイは、あるわけですか？」

「片山は、千歳空港から、女満別《めまんべつ》行きの飛行機に乗っています」

「女満別というと、知床半島の付け根近くですね？」

「そうです。一四時〇〇分千歳発の東亜国内航空のＹＳ機で、女満別着は、一五時〇〇分です」

「それに乗ったことは、間違いないんですか？」

「ありません。この飛行機も満席でしたが、六十四人乗りなので、スチュワーデスが、片山を覚えていましたから」

「しかし、一四時ちょうどの千歳発なら、モーテルで、小林夕起子を殺せるんじゃありませんか？　全日空五七便は、一二時一五分に千歳着です。一三時ちょうどに、被害者小林夕起子が、レンタ・カーを借り、犯人と一緒に、モーテルに着いたのが、一三時四〇分。着くとすぐ殺して、車で、千歳空港に引き返す。モーテルから空港まで、車で二十分で、ぎりぎりですが、猛スピードで飛ばせば、一四時発の女満別行きに、何とか乗れるんじゃありませんか？」

「われわれも、それを考えたんですが、結局、片山には、アリバイがありました。片山は、全日空から降りたあと、一四時まで、時間があるので、空港内の食堂で、食事をしていたら、同じ女満別行きの飛行機に乗るという女の二人連れと仲よくなったというのです」

「その二人連れというのは、実在したんですか？」

「同じ知床の民宿にいました。二十五歳と、二十六歳のＯＬで、片山と、千歳空港内の食堂で一緒になったことを認めました。一緒に知床へ行くと知って、お喋りをしたというのです。問題は、その時刻ですが、一三時五〇分過ぎまでお喋りをしてから、一四時発の飛行機に乗るために、食堂を出たといっています。これでは、モーテルで、小林夕起子を殺せません」

「そうですか、片山貢は、シロですか」

　十津川は、喋りながら、ちらりと、亀井に眼をやった。これで、また、花井友彦という男が、容疑者として、浮かびあがってきたと、思ったからである。

電話を切ると、十津川は、亀井を呼んで、片山貢が、シロになったことを告げた。

案の定、亀井は、暗い、心配そうな眼になった。

「犯人は、花井ということも、考えられますね」

「しかし、八月二日には、姪御さんと、ずっと『おおぞら3号』に乗っていたんだろう？」

「そうです」

「それなら、完全なアリバイじゃないか」

「しかし、どうも不安だったので、調べてみたんですが、この列車は『千歳空港駅』に停まるんです。空港の横に作られた駅です。しかも、この駅に着くのが、一三時一五分なんです」

「一三時一五分？」

十津川は、黒板に、眼をやった。そこには、全日空五七便の千歳着の時刻や、被害者がレンタ・カーを借りた時刻が書いてあった。

「そうなんです。小林夕起子が、レンタ・カーを借りたのが、一三時。モーテルに着いたのが一三時四〇分です。空港からモーテルまでは、二十分の距離ですから、一三時一五分に、花井が、『おおぞら3号』から降りてきて、被害者の借りておいた車に乗り、一三時四〇分までに、モーテルに着くことは、可能なわけです。前に、一三時ちょうどに、レンタ・カーを借りた被害者が、四十分もかかって、モーテルに着いたのは、おかしいと思っていたんです。二十分の距離ですからね。一三時一五分に、千歳空港駅を降りてくる花井を待っていたとすれば、ぴったりと合うわけです」

「そうだな、駅を降りて、車のところまで来るのに五分かかったとすれば、一緒に、レンタ・カーに乗ったのが、一三時二〇分で、その二十分後にモーテルに着いたことになって、ぴったり一致するねえ」

十津川は、大きく肯いた。が、すぐ、ニヤニヤ笑い出して、

「駄目だよ。カメさん。千歳空港駅で、降りたとして、モーテルまで、車で往復四十分かかるんだ。これは、最低の時間だよ。モーテルの室内で、殺すのに十分かかったとすれば、五十分になる。四十分も、五十分も、列車が待ってくれているのかね？」

「いえ、『おおぞら3号』の千歳空港駅停車は、一分間です」

「それじゃあ、ぜんぜん不可能じゃないか。それとも、四十分後に、他の特急で、『おおぞら3号』に追いつけるのかね？」

「そんな列車はないようです」

「それなら、花井友彦は、シロだよ」

この事件自体が、道警本部の事件である。

普通のときなら、亀井は、この辺で、考えるのをやめて、事件の解決を、道警に委《まか》せてしまっただろう。

だが、今度だけは、姪の典子が巻き込まれそうな感じがするので、なかなか、放り出せなかった。

9

花井は、シロだと思いながら、万一という不安が、抜けないのである。

亀井は、捜査で北海道へ飛んだことはあるが、「おおぞら3号」という列車に乗ったことはない。

函館と釧路を結ぶ十両連結の特急列車だということは、時刻表を見ればわかる。昼間の特急列車だから、一つの駅に、せいぜい二、三分しか停車しない。従って、花井には、モーテルで、小林夕起子を殺すことは出来ないと結論を下したのだが、ひょっとすると、この「おおぞら3号」なら、可能なのではないかという気もしてくる。

もし、花井が犯人なら、姪の典子は、今、殺人犯人と一緒にいることになってしまうのである。

亀井は、もう一度、時刻表を開いた。「おおぞら3号」が、特別な列車かどうか、知りたかったからである。

「おおぞら3号」が、時刻表に最初に出てくるのは、函館本線、室蘭本線、千歳線（下り）のページである。

特急「おおぞら3号」は、九時四〇分函館発で、終着の釧路には、一九時　五分着と出ている。

どこといって、他の特急列車と違わないように見えるが、小さな注意書きがあるのに気がついた。

（この列車で、苫小牧《とまこまい》方面から千歳空港―札幌間を途中下車しないで追分《おいわけ》以遠へ行く場合は、この区間の乗車券は必要ありません）

一度読んだだけでは、何のことかよくわからなかった。

首をひねりながら、次のページを開けた。

このページは、千歳線、室蘭本線、函館本線（上り）になっている。

ところが、このページにも、「おおぞら3号」の名前が出ているのだ。

（下りと、上りの両方に出ているというのはどういうことなのだろう？）

国鉄では、下り列車には、奇数ナンバー、上り列車には、偶数ナンバーをつけている。

新宿《しんじゅく》—松本《まつもと》間を走っているL特急「あずさ」についていえば、1、3、5、7、9、11、15、17、19、23号は下りであり、2、4、6、8、10——号は、上り列車である。

当然、「おおぞら3号」は、下り列車である。それなのに、上りのページにも出ているのは、なぜなのだろうか？

索引地図を見、時刻表の停車駅を一つ一つ追っていって、その謎は解けた。

簡単なことなのだ。

「おおぞら3号」は、苫小牧を通って、千歳空港へ向かうが、そこからすぐ、石勝線に入らず、いったん、札幌に向かう。

札幌に着くと、今度は、引き返して来て、千歳空港から、石勝線に入って、釧路へ向かうのである。

つまり、千歳空港—札幌間を、往復するのだ。

函館から、直接、釧路へ行く人にとっては、無駄な時間をついやされるわけである。

だから、——途中下車しないで、追分以遠へ行く場合は、この区間の乗車券は、必要ありませんという注意書きが、必要になるわけである。

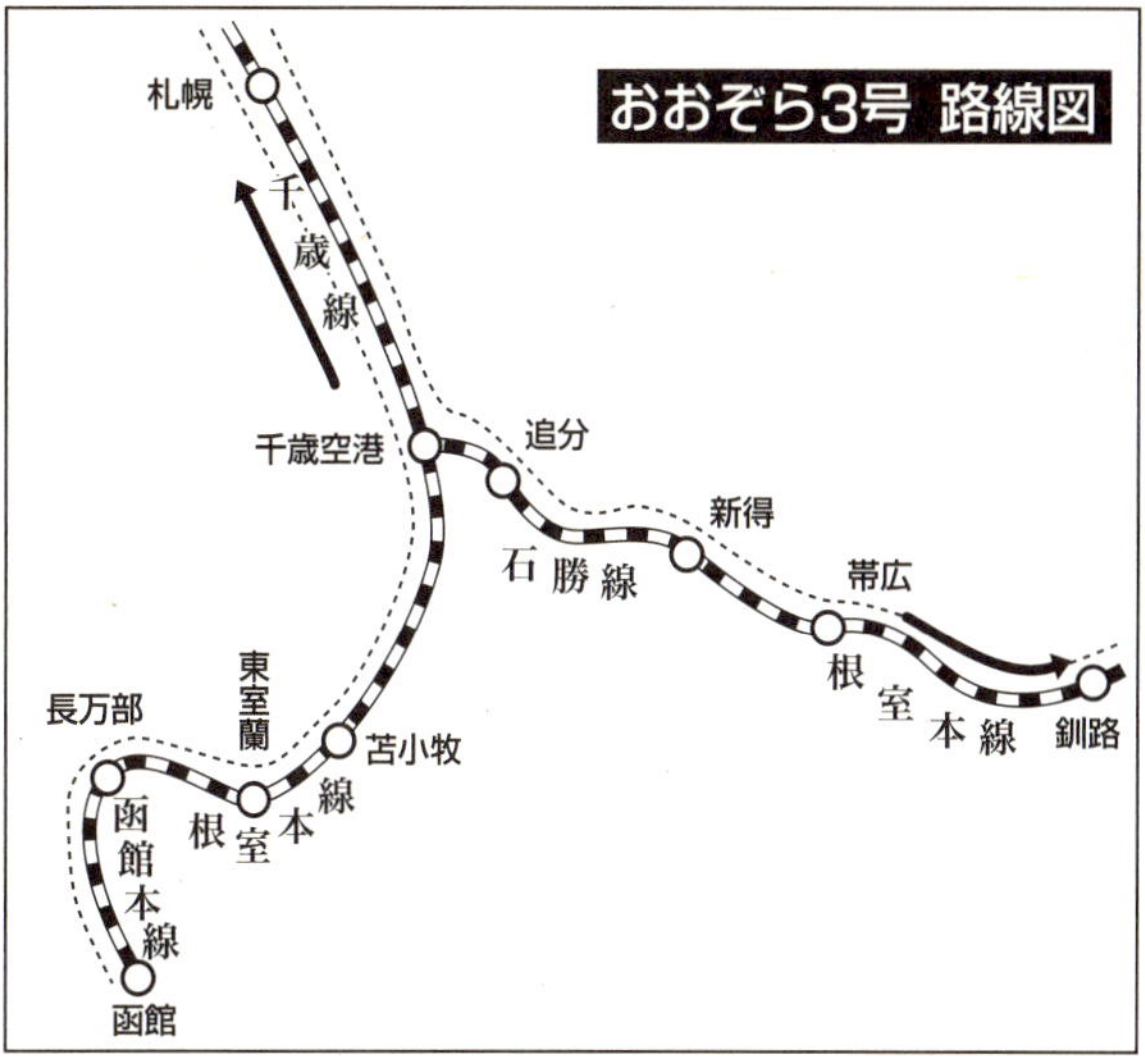

　また、千歳空港と札幌の間を、「おおぞら3号」は、往復するわけだから、当然、上りと下りの両方のページに、のることになる。

(犯人は、この特徴を利用したに違いない)

　問題は、「おおぞら3号」が、千歳空港―札幌間を、往復する所要時間である。

　まず、下りのページを見る。

「おおぞら3号」の千歳空港着は、一三時一五分、札幌着一三時五〇分。

　今度は、上りのページを見る。

「おおぞら3号」が、折り返して、札幌を発車するのが、一三時五六分で、千歳空港着は、一四時二九分。

千歳空港―札幌間は、停車しない。

つまり、「おおぞら3号」に乗った人間は、一三時一五分に千歳空港駅に到着して、ここで降りると、列車が、札幌へ行って、引き返して来るまでに、一時間十四分間、ここで待つことになる。逆にいえば、一時間以上の余裕があるわけである。

小林夕起子を殺した犯人は、彼女と一緒に、一三時四〇分に、モーテル「夢の城」に着き、彼女を殺している。

殺すのに、十分間かかったとしても、犯人は、一三時五〇分に、モーテルを、車で出発して、二十分後に、千歳空港駅に到着出来るはずである。

一四時一〇分に、駅に着けば、十九分後に着く「おおぞら3号」に、ゆうゆう乗り込めるのだ。

花井は、この方法を使ったのだと、亀井は思った。

「おおぞら3号」なら、釧路まで、この列車に乗りながら、千歳空港近くのモーテルで、殺人を犯せるのだ。

とすれば、花井は、典子を、アリバイ作りの証人に利用したことになる。彼女が八月二日には、ずっと、彼と一緒に「おおぞら3号」に乗っていたと証言したからこそ、亀井も、最初は、花井をシロと断定してしまったのだから。

問題は、花井が、いったん、千歳空港駅で降りたあと、モーテルで小林夕起子を殺して戻って来て、折り返して来た「おおぞら３号」に乗り込むまでの一時間十四分間、座席にいないことである。それを、典子に不審に思われたら、このトリックは成立しない。

亀井が、典子に電話したとき、彼女は、何もいっていなかった。上野から青森までの寝台特急の中で、よく眠れなかったといっていたから、問題の区間、典子は、眠っていたのかもしれない。いや、花井が、睡眠薬を与えて、眠らせた可能性がある。一時間十四分、眠らせなくてもいいのだ。十五、六分間だけ、トイレへ行っていたとでもいって、誤魔化《ごまか》せる。

それに、典子と花井は、恋人同士だ。典子は、花井が、殺人などやるはずがないと思っているだろう。

その典子が、今も、花井と一緒にいる！

10

「北海道へ行かせて下さい」

亀井は、十津川にいった。

十津川は、亀井の話を、じっと聞いていたが、

「さっき、道警のほうから、連絡があって、レンタ・カーが、千歳空港の駐車場で見つかったそうだよ。国鉄の駅とは、長さ二四三メートルの連絡橋で結ばれているだけだから、君のいうとおり、折り返して来た『おおぞら3号』に乗った可能性は強いね」

「犯人は、花井に間違いありません。姪は、知らずにいます。私が行って、助けてやらないと」

「道警に任せるというわけにはいかないのか?」

「いきません。道警を信用しないわけじゃありませんが――」

「北海道へ着いても、道警と協力して、花井を追う気はないんだろう?」

「それをしていては、間に合いません」

「しかし、それでは、正式に、君を北海道へやるわけにはいかんよ」

「わかっています。休暇をとって、個人として、北海道へ行きます」

「花井が犯人だという推理は、道警に伝えようか？」

「いや、それは、一日待っていただけませんか」

亀井は、堅い表情でいった。

「なぜだね？」

「花井は、姪を、アリバイ作りの道具に使いました。彼は、それに成功したと信じている間は、姪を殺さないでしょう。アリバイの証人ですから。しかし、失敗したとわかったときは、むしろ、危険な存在に見えてくるに違いありません。姪が、不自然だったことに気付く恐れがあるからです。だから、殺しかねません」

「そうだな」

と、十津川は、肯いた。証人をだまして作ったアリバイの場合、その証人は、諸刃《もろは》の剣《つるぎ》である。

「君の推理は、聞かなかったことにしよう。すぐ、休暇届けを出したまえ」

「ありがとうございます」

亀井は、礼をいい、すぐ、三日間の休暇届けを出した。

三日のうちには、事件を解決したかったし、三日以上かかったときは、典子が、危険になるだろうという気があった。

亀井は、羽田空港に急いだ。

学校が夏休みに入っている時期で、北海道や、沖縄に向かう機は、どれも満席である。それを、殺人事件の捜査ということで、予備の席を、提供してもらった。

典子と花井は、今日は、宗谷岬を見物し、稚内《わっかない》のホテルに泊まることになっていた。

一〇時五五分羽田発の東亜国内航空のA—300に乗ることが出来た。

一二時二五分に、千歳空港着。おかげで、ここから、稚内行きの日本近距離航空のYSに乗ることが出来た。

このYSは、一日一便だけで、千歳を一三時〇〇分に出発し、稚内空港に着くのは、一四時〇五分である。もちろん、こちらも、満席だった。

空港からは、国鉄の稚内駅まで、バスが出ている。

亀井は、そのバスに乗った。

稚内駅までは、二十五、六分である。太陽は強烈だが、さすがに、北海道の北端だけに、風は、さわやかである。気温も、二十五、六度だろう。

二階建ての稚内駅前でバスを降りた乗客からは、ノシャップ岬行きのバスに乗りかえる者が多い。

亀井は、彼らと別れて、典子たちが泊まることになっているホテルを探した。

稚内の町は、背後に、「氷雪の門」などの碑が多い広い稚内公園が、広がっている。駅から、その公園に向かって、二百メートルほど歩いたところに、「ホテル稚内」があった。

五階建てのかなり大きなホテルである。

亀井は、外の公衆電話から、そのホテルに電話をかけてみたが、花井と典子は、まだ、着いていないということだった。

亀井は、ホテルのロビーに入って行き、その横にある喫茶室で、コーヒーを頼んだ。そこからだと、ホテルに入ってくる客の姿が、よく見えるからである。

五時半頃になって、典子が、花井と肩を並べるようにして、入って来た。

「やあ」

と、亀井は、わざと、明るく、二人に向かって、手をあげた。

典子は、びっくりした顔で、

「どうしたの？　叔父さん」

「ちょっと、稚内に用があってね、その用がすんでから、君が、ここに泊まることになっていたのを思い出してね」

亀井は、いいながら、花井の表情を窺《うかが》った。初対面のとき、典子が、亀井のことを、警視庁の刑事だと紹介しているから、亀井のことは、知っているはずである。

しかし、花井は、亀井を見て、微笑しただけだった。

「どんなご用だったんですか?」

と、花井が、きいた。

「プライベートな仕事でね。だから、休暇を貰って来たんだ。そうだ、ちょっと、この娘《こ》を借りるよ。両親に頼まれたことがあるんでね」

亀井は、強引にいい、典子だけを連れて、ホテルを出た。

「ママに、彼のことを、喋ってしまったの?」

歩きながら、典子が、きく。

「いや、約束だから、喋っていないよ」

「じゃあ、どんな伝言なの?」

「それは、口実なんだ。君と二人だけで話したくてね」

「彼に聞かれては、まずいことなの?」

「まあね」

「わからないわ。どんなことか教えて」

「八月二日に、君と花井は、函館から、釧路行きの『おおぞら3号』に乗ったんだったね？」

「ええ」

「よく思い出してほしいんだが、途中で、眠ったことがあったんじゃないのか？　そうだね。時間でいえば、午後一時から、二時頃にかけてなんだが」

「なぜ、そんなことを？」

「今、わけはいえないが、大事なことなんだよ」

「そうね」

典子は、しばらく考えていたが、

「お昼近くなって、彼が、車内の売店で、駅弁と、お茶を買ってきてくれたの。あの列車には、食堂車がついてないから。その食事のあと、眠ってしまったんだわ。前から、眠たかったんだけど」

「起きたのは何時頃だった？」

「列車は、石勝線に入っていたわ。雪害対策で作ったスノー・シェルターの中を走っていたから」

「石勝線か」

そうすると、札幌から折り返して、二度目に千歳空港駅に停車したあとである。やはり、典子は、問題の時間、座席で、眠っていたのだ。いや、眠らされていたというべきだろう。

花井は、「おおぞら3号」の時刻表を見て、綿密に、計算したに違いない。函館を出発して、千歳空港に着く前に、十二時になる。

東室蘭の少し手前あたりだろう。そこで、車内で、駅弁とお茶を買ってきて、昼食にしようという。そのお茶の中に、睡眠薬を入れておけば、十五、六分後には、眠ってしまう。つまり、問題の千歳空港―札幌の間を、「おおぞら3号」が往復する一時間十四分間を眠らせておけるのだ。

「君が、眼をさましたとき、花井は、何といったんだ？」

と、亀井は、きいた。

「眼がさめたかい？　とかいったんだと思うけど、よく覚えてないわ。私が、今、どこときいたのは、はっきり覚えてるんだけど。そしたら、今、いったみたいに、もう石勝線に入ってるって、彼が、教えてくれたの」

「君が、眼を覚ましたとき、花井は、妙な行動をとらなかったかね？」

「妙な行動って？」

典子は、眉《まゆ》を寄せて、亀井を見た。

「そうだね。やたらに汗を拭くとか、妙に機嫌が悪いとか、そういうことなんだが」

と、亀井は、いった。

花井が、犯人なら、モーテルで女を殺してから、車で千歳空港に戻り、駐車場に、車を置き、戻って来た「おおぞら3号」に乗った直後のはずである。

様子がおかしくても不思議はないと思って、きいたのだが、典子は、首をかしげて、

「さあ、気がつかなかったけど――」

「じゃあ、どんなことでもいい、君が、眼を覚ましてから、花井がとった行動を、全部、話してくれないか」

「何なの？　それ。彼に、何か問題があるの？」

「それは、あとで説明するよ。その前に、今の質問に答えてくれないか」

「そうねえ。何もなかったけど、眼やにのことぐらいかな」

「眼やに？」

「眼を覚ましてから、彼が、眼やにがついてるよっていったの。あわてて、洗面所へ、顔を洗いに行ったわ」

典子が、笑いながらいった。

「本当に、眼やにがついていたのかい？　どうも信じられないが」

「嘘だったみたい。でも、きっと、寝惚《ねぼ》けて変な顔をしていたから、眼やにがなんて、彼は、いったと思うのよ。ただ、顔を洗ってきたらといっても、私が、行かないと思ったんじゃないかな」

典子は、あくまで、花井の好意と受け取っているようだった。

（これは、花井と引き離すのが、大変だな）

と、亀井は、思った。

11

亀井は、まず、典子を、花井から引き離してから、彼を追い詰めたいと思っていた。

それが、一番、安全な方法だと考えたからなのだが、典子が、彼を愛し続けていては、どうも、上手《うま》くいきそうにない。

亀井は、小林夕起子が、千歳空港から車で二十分のモーテルで殺されたこと、彼女が、花井と親しかったこと、花井が、犯人である可能性が強いことなどを、典子に話した。

「花井は、君をアリバイ作りの道具に利用したんだよ。彼は、間違いなく、殺人犯だ。自分を守るためには、君だって、殺すだろう。だから、君は、すぐ、東京に帰りなさい。私は、花井を、とっちめて、小林夕起子を殺したことを吐かせるつもりだ」

「そんなこと、信じられないわ」

「だが、八月二日に花井は『おおぞら3号』を利用して、小林夕起子を殺したんだ。君が、この列車に、ずっと一緒に乗っていたと証言するのを見越してね」

「信じられないわ」

「花井は、人殺しだよ」

「じゃあ、彼に、そういったら？　私も一緒に、彼が、何というか聞きたいわ」

「君は、いないほうがいい」

「いいえ。一緒にいます。私は、彼が、人殺しをしたなんて信じられないもの」

典子は、頑固にいった。

亀井は、肩をすくめた。

「いいさ。花井が、何というか、楽しみだな」

二人で、ホテルに戻ると、花井は、ロビーに待っていて、

「お話はすみましたか？」

と、亀井に、きいた。やはり、心配で、先に部屋に入ることが出来なかったのだろうと、亀井は、思いながら、

「今度は、君に話がある」

「僕にですか？　僕たちは、真剣な交際をしています」

「そんなことじゃない」

「叔父さんは、あなたが、小林夕起子という女性を殺したと思ってるの」

と、横から、典子がいった。

「僕が、人殺しを？」

花井は、大げさに、驚いてみせた。

亀井は、花井と、小林夕起子が並んで写っている写真を、取り出して、テーブルの上に置いた。

「この女を知らないとはいわせないぞ」

「知ってますよ」

と、花井は、肯き、ちらりと、典子に視線をやって、

「もちろん、典子さんと知り合う前のことで、僕は、べつに好きでもないのに、向こ

うで、勝手につきまとっていただけですよ。僕は迷惑していたんです」

「それで、殺したのかね？」

「とんでもない。僕は、人を殺すことなんか出来る人間じゃありませんよ。あの女は、惚《ほ》れっぽい性格でしてね。何人もの男とつき合っていたんです。容疑者は、ゴマンといるんじゃありませんか？」

「だがね。彼女は、自分の部屋に、その写真だけを飾っていたんだ。君に惚れていた。結婚を考えていたんだろう。それが邪魔になって、君は、彼女を殺したんだ。千歳空港近くのモーテルでだ。たぶん、君は、彼女に電話して、北海道へ呼び寄せたんだ。一緒に、北海道旅行をしようといってね。一〇時五〇分羽田発の全日空五七便に乗ること、千歳に着いたら、午後一時に、レンタ・カーを借りて、待っていることを、君は、指示した。君と一緒に北海道旅行が出来ると、有頂天《うちょうてん》になった彼女は、それが、罠《わな》だとは気がつかなかったんだ」

亀井は、喋っているとき、典子の顔色が一瞬、変わったのを、見逃さなかった。何か、彼女に、思い当たることがあったのだろう。

「ちょっと、待って下さい」

と、花井が、亀井の話を、遮《さえぎ》って、

「小林夕起子は、いつ殺されたんですか？」

「八月二日の午後一時四十分頃だ」

「それなら、僕には、アリバイがありますよ」

「わかってるよ。私の姪と、その頃は、函館から釧路に行く列車に乗っていたというんだろう？」

「そうです。『おおぞら3号』という特急に乗っていたことは、典子さんも知っていますよ。ずっと一緒に、その列車で、釧路まで行ったんですから。彼女にきいて下さい」

「もちろん、聞いたさ。最初は、まんまと、だまされて、君は、シロだと思ったよ。しかし、君は、『おおぞら3号』という特急列車の特殊性を、うまく利用したんだ。この列車が、釧路へ行く途中で、千歳空港駅と札幌駅の間を、往復することをだ。この往復に、一時間十四分かかる。君は、その時間を利用し、千歳空港駅で下車し、先に来て、レンタ・カーを借りて待っていた小林夕起子と、モーテルへ行き、絞殺したんだ。そして、同じ車で、千歳空港へ戻って来て、折り返して来た『おおぞら3号』に、何くわぬ顔で、乗り込んだんだ」

「しかし、亀井さん。そんなことをしたら、一緒にいる典子さんが、怪しみますよ。

彼女は、僕が、千歳空港駅で、降りたり、乗ったりするのを見たとでもいってるんですか？」

「いや。その間、彼女は、寝ていたんだ。君に、睡眠薬を飲まされてな。君は、昼頃、車内で、駅弁と、お茶を買って、典子に渡した。そのお茶の中に、睡眠薬を入れたんだ」

亀井が、極《き》めつけるようにいった。が、花井は、その端整な顔に、軽い皮肉な笑いを浮かべて、

「証拠がありますか？」

12

「証拠？」

「そうです。証拠ですよ。今は、脅して、殺したといわせて、それで有罪に出来る時代じゃありませんよ。亀井さんは、警視庁の優秀な刑事さんだから、そのくらいのことは、よくご存じだと思いますが」

「あくまで、小林夕起子を殺してないというのかね？」

「もちろんですよ」

と、花井は、大きく肯いてから、

「あの列車の中で、典子さんが眠ったのは、確かに、そのとおりですよ。彼女は、強行軍で疲れていたし、上野から青森までの夜行列車の中では、よく眠れないようでしたからね。昼食がすんだあと、ぐっすり眠ってしまったとしても、べつに不思議はありませんよ。僕は、起こすのも気の毒だと思って、何もしなかったんです。彼女が、車内で眠ったからといって、その間、僕がいなかったということにはならないでしょう? 僕は、ずっと、『おおぞら3号』に乗っていたんですから。もし違うというのなら、その証拠を示してくれませんか」

と、攻撃してきた。

亀井は、言葉に窮《きゅう》して、一瞬、黙ってしまった。

確かに、花井が、モーテルで小林夕起子を殺すことが可能だったことは証明されたが、だからといって、花井が、八月二日の「おおぞら3号」から、途中で降りたという証明にはならないのだ。

何しろ、その間、連れの典子は、眠り続けていたのだから、隣りの席の花井が、いなかったことを証言できない。

夏休みなので、車内は混んでいたが、二人のいたグリーン車は、空席が多かったようだ。ほかの乗客を見つけ出して証言させるのも難しいし、ほかの席のことを注意しているような乗客がいるとも思えない。

亀井が、黙ってしまうと、花井は勝ち誇ったように、ニヤッと笑って、

「かまわなければ、これから、夕食をとりたいんですがね。君も一緒にどうだ」

と、典子に声をかけた。

「あんまり食べたくないわ」

典子がいうと、花井は、

「じゃあ、ここの地下にある食堂へ行っている。君も、あとから来たらいい」

といって、立ち上がった。

亀井は、ロビーに残った典子に、

「なぜ、一緒に行かなかったんだ？」

「ちょっと気になることがあったから」

と、典子が、いう。

「さっき、電話の話をしたら、君は、顔色が変わったね。何か、引っかかることがあったんだろう？」

「函館の駅で、『おおぞら3号』が出るのを待っている間、私は、ママに電話したんだけど、彼も、どこかに電話してたわ」

「それが、なぜ、引っかかったんだ？」

「遠距離へかけてたんだけど、両親は九州で、彼は、東京にひとり暮らしでしょう。役所へは休暇届けを出しているんだから、連絡する必要はないはずだしと考えたら、変な気がしたのよ」

「函館というと、午前九時三十分頃かな？」

「ええ、九時四〇分発だから、その頃だわ」

「たぶん、小林夕起子に電話したんだろうな。彼女は、羽田発一〇時五〇分の便に乗ったんだから、必ず行くように、念を押したんだと思うね」

「でも、彼が犯人だという証拠はないんでしょう？　彼が、『おおぞら3号』から、途中で降りて、女の人を殺したという証拠もないし――」

「いや、花井は、犯人だよ。その証拠も、確かにあるはずだ」

亀井は、じっと、考え込んだ。

犯人は、不自然な行動をとった。とすれば、どこかに、穴があいているはずなのだ。

「君が、眼を覚ましたとき、花井は、眼やにがついているといったんだね？」

亀井は、確認するように、典子を見た。

「ええ。だから、あわてて、洗面所へ顔を洗いに行ったわ」

「つまり、眼やにがどうかということより、花井は、君を洗面所に行かせたかったんだ。何か、そうしなければならない理由があったことになる」

「でも、それは、おかしいわ。私は、起きたばかりで、ぼやっとしてたわ。もし、彼が犯人なら、しばらくは、ぼやっとさせておいたほうが都合がいいんじゃないかな。洗面所へ行って、冷たい水で顔を洗えば、すっきりしてしまうもの。だから、それを考えても、彼が、犯人とは思えないわ」

「確かに、犯人としては、おかしな行動だと思う」

「でしょう」

「だが、それにも拘《かかわ》らず、花井は、君を急いで洗面所へ行かせる必要があったんだ」

花井は、まんまと、小林夕起子の殺害に成功して、千歳空港駅に戻った。「おおぞら3号」が、札幌から折り返して来て、乗り込むと、計画したとおり、典子は、まだ、眠り続けている。

すべてが、上手くいったのだ。

こんなときには、動かずにいたほうがいいのに、彼は、眼を覚ました典子を、すぐ、洗面所へ行かせた。行かせる必要が起きたのだ。思わぬミスを発見して、それを、誤魔化すために、洗面所へ行かせたのだ。

洗面所へ行かせることが目的だったとは思えない。すると、席を立たせることが、目的だったのではないか？

（だが、何のためだろうか？）

亀井は、また、考え込んでしまった。

花井は、もう一度、「おおぞら3号」に乗ったとき、自分のミスに気付いた。そのミスは、典子を、席から立たせなければ、おぎなえないことだったに違いない。

「おおぞら3号」は、札幌で折り返す。そこに、何か問題があったのではないのか？

（進行方向だ！）

札幌で、折り返せば、当然、列車の進行方向が逆になる。函館を出発するときの1号車が、札幌で折り返して、釧路へ向かうときに、最後尾にくるはずである。

（花井は、それを忘れていて、あわてたのではないか？）

進行方向が逆になれば、乗客の座る座席の方向も変わってくる。

函館を出発したとき、みんな、進行方向に向かって、腰かけている。このままでは、札幌で折り返したとき、乗客は、うしろ向きになってしまう。

「おおぞら3号」は、札幌に六分間停車するから、その間に、座席の向きをかえるのだろうが、典子は、よく眠っているから、かえられない。

花井は、殺人を了《お》えて、千歳空港駅で乗ったとき、それに気付いたのだ。グリーン車の座席が、全部、向きをかえているのに、典子の座っている席だけが、逆方向に向いていることに。

彼は、起きたばかりの典子を、洗面所に行かせ、その間に、あわてて、座席に向きをかえたのだ。

亀井は、ホテルの電話を借りて、札幌駅へかけ、こちらの希望する人間を呼んでもらった。そのあと、相手と、十五、六分喋ってから、満足して、受話器を置いた。

「一緒に、食堂へ行ってみよう」

と、亀井は、典子も誘って、地下におりて行った。

地下の食堂では、花井が、ひとりで夕食をとっていた。亀井は、典子と、その前に、腰を下ろした。

「何か注文して下さい。僕がおごりますよ」

と、花井がいうのへ、亀井は、首を横に振って、

「殺人犯からおごられるのは困るよ」

「まだ、そんなことをいっているんですか？　証拠はあるんですか？」

「明日の朝、八月二日の『おおぞら3号』の車掌長が、ここに来てくれる。道警本部の刑事も来る。車掌長は、こう証言してくれたよ。八月二日の『おおぞら3号』が、札幌で折り返したとき、グリーン車の座席も、向きをかえた。進行方向が逆になったからだ。ところが、乗客の一人が眠っていて、その座席をかえることが出来ない。よく眠っていたので、そのままにしておいたが、気になったので、時々、のぞいていた。確か、背の高い男が一緒だったのに、その男がいない。トイレにしては、時間がかかりすぎると思っていたら、驚いたことに、その男は、千歳空港駅で乗ってきた。しかも、グリーン車に、直接、乗り込んで来たのではなく、先頭の車両に乗って、通路を歩いて来たといっている。車掌長は、そのことを、証言するといっているんだ。もちろん、君のことだ。君は、『おおぞら3号』という列車の特性を利用して、殺人計画を立てたが、札幌から折り返したとき、進行方向が逆になること、当然、座席の向きも変わることをうっかり忘れていたのが、致命傷だったな。車掌長だって、そうでなければ、グリーン車の一人の乗客のことを、注意して、見たりはしなかったろうからね」

新婚旅行殺人事件

第一章 「やまびこ5号」

1

最近の新婚旅行は、驚くほど豪華になって、ハワイ、グアムは当たり前で、アメリカ西海岸十日間とか、ヨーロッパ一周といったケースも珍しくなくなってきた。

しかし、職業によっては、そんなぜいたくな日程は取れないこともある。

第一線の刑事も、不運な職業の一つに入るだろう。

特に、凶悪事件を追う捜査一課の刑事たちにとっては、海外へのハネムーンなど、夢物語に近い。

二十八歳の小川《おがわ》刑事にとっても、事情は同じだった。

三月二十六日に結婚式をあげ、二泊三日で、郷里の盛岡《もりおか》へ帰るという旅行プランを

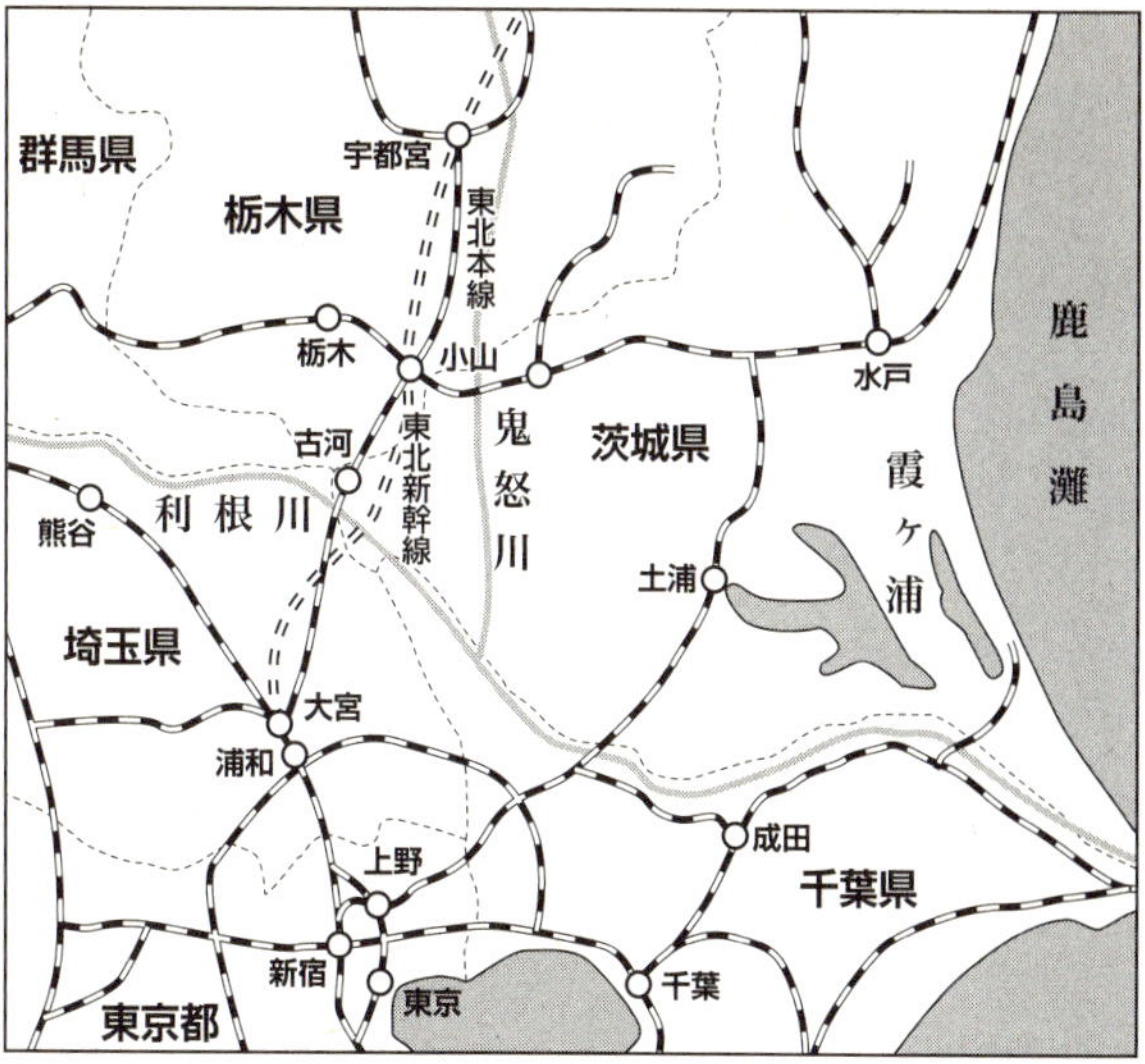

上司に届けてあったが、三月に入ってから、殺人事件が相つぎ、小川も、捜査に追いまくられることになった。

（ひょっとすると、ハネムーンは、遠慮しなければならないかな）

と、小川は、覚悟した。そうなったら男の自分はいいが、花嫁になる幸子《さちこ》は、がっかりするだろうと思っていたのだが、三月二十五日になって、小川の取り組んでいた保険金殺人事件が解決した。

「よかったじゃないか。まあ、ゆっくり、東北の春を彼女と楽しんで来たまえ」

と、上司の十津川警部は、ほっ

とした顔でいった。

「しかし、他にも、事件がありますから」

「それは、みんなに委《まか》せておけばいいさ。捜査一課の刑事と結婚すると、ハネムーンにも行けないという噂《うわさ》でも立つと、嫁の来てがなくなるからね」

と、十津川は、笑って、小川の肩を叩いた。

小川が結婚する新藤《しんどう》幸子は、同じ東北出身といっても、青森の女性で、亀井刑事の紹介だった。

見合いだったが、二人の愛情は、本物だと、小川は確信していた。色白で、細身の身体をしているが、何よりも明るいのが、小川は気に入っている。それに、東北の女らしく、芯《しん》も強そうである。いつも危険にさらされている刑事の妻には、彼女の明るさや、芯の強さが、役に立つだろう。

交際期間は一年あったが、小川は仕事に追われ、幸子のほうは、青森にいたので、実際に会ったのは、五、六度しかなかった。しかし、小川は、時間があれば、彼女に手紙を書いた。筆不精《ふでぶしょう》な小川なのに、幸子宛《あて》には、いくらでも書くことがあった。電話も同じだった。盛岡にいる母親には、一年に二、三回しか電話をかけず、それも、二言、三言で、あとは、話すことが無くなってしまうのに、幸子には、いくら話してもあきなかった。

それは、彼女を愛しているからだと、小川は、思う。

三月二十六日の当日は、二人の前途を祝福するように、よく晴れて、暖かかった。

場所は、共済会館を借りた。

仲人は、本多《ほんだ》捜査一課長夫妻が引き受けてくれた。

この日は、大安吉日で、結婚式が多く、小川たちの組は、午前十時からになった。

十津川は、新しく起きた殺人事件の指揮をとらなければならず欠席したが、幸子を紹介してくれた亀井刑事が、出席した。

幸子の両親も、青森から上京した。小川を、女手一つで育ててくれた母親は、足が不自由なために来られず、代わりに、盛岡市役所に勤める兄夫婦が式に出てくれた。

小川が、新婚旅行を盛岡にしたのは、外に出歩けない母親に、幸子と二人で会いたかったからである。そして、盛岡に一泊したあと、花嫁の実家のある青森に廻ることになっていた。

花嫁衣装を着た幸子は、初々《ういうい》しい美しさにあふれて見えた。恥じらいを見せて、俯《うつ》向《む》いている顔に向かって、小川は、

（どんなことがあっても、君を守ってやるぞ）

と、心の中で誓った。

2

盛岡には、十四時三十三分上野発の「やまびこ5号」で行くことになっていた。グリーン車の切符は、二週間前に購入してあった。

上野駅には、亀井刑事が見送りに来てくれた。

列車が到着するのを待つ間、小川は小声で、

「何かあったら、電話してください。すぐ、飛んで帰りますから」

と、亀井にいった。

ベテラン刑事の亀井は、こぶしで、コツンと、小川の頭を叩いて、

「お前さんが一人ぐらいいなくたって、警視庁は、ちゃんとやっていくよ。それより、旅行中は、彼女のことだけ考えるんだ」

「しかし、カメさん――」

「いいから、ゆっくり楽しんで来いよ」

改札をすませた。

二人の乗る「やまびこ5号」は、14番ホームに、クリーム色の車体と、「やまびこ」のヘッドマークを見せていた。

特急「やまびこ」は、上野—盛岡間を六時間二十八分で結ぶ十二両連結の電車である。

グリーン車は、真ん中の六両目一台だけで、隣りの七号車が、食堂車になっている。ひと目で、新婚のカップルとわかるとみえて、ホームにいる人々の視線が小川たちに向けられてくる。

幸子は、上気して、頬を染めていた。男の小川のほうは、やはり照れ臭くて、早く、列車が出てくれないかと、腕時計に眼をやっていた。

ベルが鳴って、「やまびこ5号」は、ゆっくりと、滑り出した。

亀井刑事や、小川の兄夫婦や、幸子の両親、親戚の人たちが、手を振っている。その姿が、みるみる視界から消え、列車は、上野駅を出た。

小川たちは、グリーン車の自分の座席を探した。

ちょうど、真ん中あたりの座席に並んで腰を下ろすと、小川は、ほっとした顔で、

「疲れたろう」

と、幸子に声をかけた。

「ええ。ちょっとだけ——」

「それなら、少し眠るといいよ。盛岡に着くのは、夜の九時なんだから」

「それが、ぜんぜん、眠る気になれないんです。小川さんこそ、お休みになったら？」

「僕も眠れそうもないよ」

と、小川は、微笑した。

車窓の外を、街の景色が流れ去っていく。それに眼をやりながら、小川は、自分が子供の時に過ごした盛岡のことを話した。

幸子は、熱心に聞いている。

グリーン車の中は、五〇パーセントくらいの乗客だった。

小川の家は、盛岡市といっても、市の郊外で、彼が子供の頃は、きれいな川や、野原があり、冬はスケート、夏はとんぼとりで一日を過ごしたものだった。そんな話を、小川は、とりとめもなく話した。

幸子のほうも、彼女の子供の頃のことを話してくれた。考えてみると、知り合ってすぐに、お互いに、子供の頃の写真を見せ合っていたから、何度も聞いているのだ。それなのに、小川は、何度聞いても楽しかった。彼女のほうも同じらしい。愛する者のすべてを知りたいという気持ちがあるからだろう。

小川は、小学生の頃の初恋の話もした。なぜか、その相手が、幸子だったような気もしてくる。

列車が、大宮《おおみや》駅を出てから、食堂車が営業開始したという車内アナウンスがあった。

午後三時を、わずかに廻った時刻である。

「少し早いけど、食事に行きませんか」

と、小川は、誘った。

二人とも、式の間は緊張して、ほとんど何も食べていなかったからである。

幸子は、小川の耳に口を寄せて、

「本当のことをいうと、お腹がペコペコなの」

と、いった。

「僕もさ」

と、小川はいい、二人は席を立った。隣りの食堂車は、まだ、がらんとしていた。

この列車の名物だという三陸《さんりく》フライ定食とビールを注文し、まず、ビールで乾杯した。

列車は、轟音《ごうおん》を立てて、利根《とね》川にかかる橋を通過した。

食事が終わった頃、宇都宮《うつのみや》駅着。ここは、二分間停車である。

二人は、グリーン車に戻ったが、席に着いてから、幸子が、

「いけない。ハンドバッグを忘れちゃった」

と、声をあげた。

「僕が取って来よう」

通路側の席にいた小川が、彼女を制して、立ち上がった。

「すみません」

「黒い革のハンドバッグだったね？」

「ええ。あなたが、誕生日に下さったハンドバッグ」

「わかった」

ちょっと、照れた顔になって、小川は、大股に、グリーン車を出た。

食堂車では、給仕の女の子が、ハンドバッグを預かっていてくれた。ほっとして受け取り、

「ありがとう」

と、小川が礼をいった時だった。

突然、すさまじい爆発音とともに、車体がゆれ動いた。

3

立っていた小川や、給仕の女の子は、床に叩きつけられた。

「やまびこ5号」は、悲鳴をあげて急停車した。

とっさには、何が起きたのか、小川にもわからなかった。

（衝突か？）

踏切で、ダンプ・カーとでもぶつかったのか、それとも、貨物列車に追突したのか。しかし、あの爆発音は爆弾でも落ちたような感じだったが――。

立ち上がって、首をひねった小川の耳に、グリーン車のほうから、唸《うな》るような悲鳴が聞こえた。同時に、白煙が、流れてくるのを見た。

小川の背筋に冷たい戦慄《せんりつ》が走った。

（幸子！）

と、胸の中で叫び、彼は、隣りのグリーン車に向かって、突進した。

グリーン車からは、白煙が吹き出していた。

その白煙の中から、血だらけの男が、よろめき出て来て、「助けてくれ！」と、小川に抱きついて来た。

背広が裂け、顔は血まみれだった。

「何があったんだ!」

と、小川は、怒鳴った。

だが、その男は、答えるかわりに、その場に、へなへなと座り込んでしまった。

小川は、白煙の中に飛び込んだ。

爆薬の匂いが鼻につき、煙が眼に突き刺さってくる。

通路の両側は、呻《うめ》き声が満ちている。

何かが、爆発したのだ。それだけは、はっきりしている。

「幸子!」

と、小川は、大声で叫んだ。

「サチコ! どこだ!」

だが、返ってくるのは、地獄を思わせる悲鳴と、呻き声だけだった。

小川は、煙の中を、自分たちの席のあたりに向かった。

車両の両側の窓ガラスは、粉みじんに砕け散っている。そこから吹き込んでくる風が、車内に充満した煙を飛ばしてくれた。

幸子は、床に倒れていた。

純白のドレスは、血で真っ赤だった。ひざまずいて抱き起こしたが、ぐったりとしている。

そのまま、小川は、彼女を抱いて、グリーン車を出た。

真っ青な顔をした車掌が、ぶつかりそうになって、

「何が、どうなったんです？」

「救急車を呼んでくれ！」

4

宇都宮から、パトカー二台と、三台の救急車が到着した。

小川は、最初の救急車に、幸子を乗せることが出来た。しかし、彼の同乗は許されなかった。他に、いくらでも、救急車で運ばなければならない人間がいたからだ。

小川は、幸子が救急車で運ばれたあと、現場に残って、負傷者の救出に当たった。

それは、刑事としての自覚であったかもしれない。

煙が吹き払われ、見るも無残なグリーン車の車体が夕陽の中に浮かびあがってくる

と、誰の眼にも、何が起きたか明らかになった。

グリーン車の中で、爆発が起きたのだ。

窓ガラスは、一枚残らず割れている。車体の中央部あたりに、亀裂《きれつ》が入っているところを見れば、爆発は、その近くで起きたのだろう。

しかし、今は、一刻も早く、負傷者を病院に運ばなければならない。三台の救急車が、ピストン輸送で、二十六人の負傷者を、宇都宮市内の五つの病院へ運んだ。

小川は、最後の救急車に同乗して、幸子の運ばれた病院へ向かった。

宇都宮駅近くの前田《まえだ》外科病院だった。

事故のニュースを聞きつけて、病院の入口には、新聞記者が押しかけていた。

小川は、彼らをかきわけるようにして、中へ入った。

「負傷者の家族の方ですか?」

と、記者の一人が、彼の背中に声をかけてきた。

小川は、構わずに、廊下を、手術室と思われる方向に突き進んだ。

婦長の帽子をかぶった看護婦が、立ちふさがるようにして、

「どなたですか?」

「ここに運ばれた小川幸子の夫です。大丈夫かどうか聞かせてください」

「入江《いりえ》先生！」

と、相手は、こわばった顔になって、医者を呼んだ。

長身の痩《や》せた医者が、疲れた顔で、廊下に出て来た。

「何だね？」

と、強い眼で、婦長を見た。

「この方が、小川幸子さんのことをお聞きにみえたんです」

「彼女の夫です」

と、小川がつけ加えた。

入江と呼ばれた医者は、視線を小川に向けた。

「小川幸子さんというのは、一番最初に運ばれてきた患者ですね」

「そうです」

「残念ながら、ここへ着いた時には、すでに死亡していましたね」

「――」

小川は、一瞬、言葉を失って、医者を見つめた。

「死因は、内臓破裂です」

入江医師は、冷静な口調でいった。

突然、小川の眼から、涙があふれ出した。

5

この事故で、男二十名、女六名の負傷者が出た。

うち死亡が二名、重傷十三名、軽傷十一名。その死亡二名の一人が、幸子だった。

栃木《とちぎ》県警が、総力をあげて、事故原因の究明に当たった。

他の車両が無傷だったことからみても、グリーン車に爆薬が仕掛けられたことは、明らかだった。

問題は、どの程度の爆薬が、グリーン車のどこに仕掛けられたかということだった。

その一方、国鉄の復旧作業も、緊急を要した。

何しろ、同じ線路に、特急、L特急、普通列車と、走行車両がひしめいている。L特急「やまびこ」だけでも、次の下り7号が、二時間後に通過することになっていた。

そのため、「やまびこ5号」は、いったん宇都宮駅まで戻り、そこで、事故のあったグリーン車だけを引込み線に外してから、グリーン車なしの十一両連結で、盛岡に向かって、発車した。

したがって、警察の調査は、宇都宮駅構内で続行された。

車内には、まだ、血の匂いが満ちていた。

中央部付近では、椅子が倒れ、乗客の持ち物が散乱している。

県警の鑑識課員たちは、慎重に、床に散乱した爆発物の破片を集めていった。ピンセットを使い、どんな微細な金属片でも、逃さずに拾っていく。

この作業は、夜に入っても続けられた。爆発によってグリーン車の電灯も、あらかたこわれてしまっていたから、作業は、投光器の明かりの中で行なわれた。

最初にわかったのは、爆発物が仕掛けられた場所である。

車両のほぼ中央部、窓際の14A席の床に穴があき、座席がもっともひどく破壊されていることから考えて、この席の下に、爆発物が仕掛けられたと推定された。

爆発物は、恐らく、ダイナマイトと考えられた。

もう一つ、集められた金属片の中に、小型の目覚《めざまし》時計のものと思われるものが、いくつか発見された。恐らく、S社製の八千円のクォーツ目覚時計だろうと、推測された。したがって、犯人は、時限装置を使って、グリーン車内で爆破事件を起こしたのである。

夜に入って、宇都宮の県警本部内に、捜査本部が設けられた。列車事故のではなく、殺人事件の捜査本部である。

6

小川は、電話で、事故のことを十津川警部や、まだ東京に残っている幸子の家族に知らせた。

栃木県警の刑事が二人、小川を迎えに来たのは、その直後だった。

二人とも、小川が、警察の人間とは知らなかったらしく、県警本部に着いてから、小川が名乗ると、一様にびっくりした顔になった。

片方が、「名取《なとり》です」と、自己紹介してから、

「危うく、あなたを殺人事件の犯人扱いするところでしたよ」

と、頭をかいた。

「どういうことか、説明して貰《もら》えませんか」

小川は、暗い眼で、名取刑事を見つめた。

涙は乾いていたが、その代わり、彼の胸には、ぽっかりと大きな穴があいてしまった。

「今度の事件は、時限爆弾を用いた殺人事件と断定しました。爆弾が仕掛けられたのは、グリーン車の14A席です」

「14A――？」

「そうです」

「それなら、幸子が座っていた席だ」

「前田外科で死んだ女性の席だということがわかったので、彼女の連れの男を探していたわけです」

「それで、私が殺したと思われたんですね？」

「連れの男が、かすり傷一つ負わなかったと聞き込んだものですから、これは怪しいと思ったのです。本当に申しわけないことをしました」
三十七、八歳の名取は、しきりに恐縮した。小川は、首を振って、
「いや、疑うのが当然ですよ。私があなたの立場でも、一番、疑ったと思います。並んで座席を取っているのに、片方が死に、片方が全く無傷なんですから」

といい、食堂車へ行った事情を話した。

「あの時、彼女がハンドバッグを取りに行っていたら、恐らく、私が死んでいたでしょう」

小川は、そうつけ加えながら、事情はどうあれ、幸子を殺したのは自分かもしれない、彼女は、おれの身代わりになったのだと思った。そう思うと、悲しさが、一層深くなってきた。

「犯人は、奥さんか、あるいは小川さんを殺そうと思ったに違いありません。窓際の14Aにはどちらが腰かけるかわからなかったわけでしょう?」

「そうです」

と、小川は肯《うなず》いてから、

「死んだ人は、もう一人いたと聞きましたが?」

「ええ。15Aに座っていた六十二歳の老人が亡くなっています。盛岡の人で、森田徳《もりたとく》太郎《たろう》という名前です」

「気の毒に――」

「しかし、この老人は、爆発そのものでやられたのではなく、そのショックから心臓麻痺を起こしたのだそうです。もちろん、爆発によって、負傷もしていましたが、それは致命傷になるほどのものではなかったと、医者は、いっていましたね」

「すると、やはり、犯人は、私か幸子を狙ったということですか?」

「何か心当たりがありますか?」

「彼女は明るい性格で、敵を作るような女性じゃありません。だから、犯人は、私を狙ったんでしょう。警視庁捜査一課で働くようになってから、まだ三年にしかなりませんが、それでも何人かの犯人を逮捕しています。刑務所へ送られた人間が、私を恨んでいてもおかしくはありませんからね」

喋《しゃべ》りながら、小川は、そうだとすれば、やはり、幸子はおれのために殺されたのだと思った。少なくとも、刑事の自分と結婚しなければ、死なずにすんだろう。

「刑務所《むしょ》帰りの人間が、あなたを逆恨《さかうら》みしての犯行という線が強くなりますか？」

名取は、同意を求めるような調子で、小川に、きいた。

「私たちが狙われたのだとすれば、今のところは、他に考えようがありませんね」

と、小川はいった。

だが、それを考える心の余裕が、今は無かった。

幸子の遺体は、まだ、病院に置かれたままだし、犯人に対する怒りはあっても、まだ、冷静に考えるだけの気持ちになれないのだ。

名取のほうも、その辺を察したとみえて、小川が沈黙すると、

「今日は、もうお帰りになって結構です」

と、いってくれた。

「ありがとう」

と、小川は礼をいってから、

「気持ちの整理がついたら、どんな協力でもさせて貰います。私だって、彼女を殺した犯人を一刻も早く捕えたいですからね」

と、約束してから、県警本部を出た。

前田外科病院に戻ると、亀井刑事が来ていた。

列車では間に合わないので、東北自動車道を、車で飛ばして来たのだという。

「幸子さんのご両親も一緒に来て、今、遺体に会っているよ」

と、亀井はいった。

「彼女は、私が殺したようなものです」

小川は、改めて、そう思った。亀井が、なぐさめるように、小川の肩を抱いて、

「そんなに自分を責めないほうがいい。君自身は、大丈夫なのか？　そのほうが心配だよ」

「私は、大丈夫です」

「誰かが、時限爆弾を仕掛けたように聞いたんだが」

「今、県警に行って来たんですが、時限爆弾が、私たちの座席に仕掛けられていたそ

うです」

「誰かが、君たちを狙ったということかい？」

亀井の眼が、きらりと光った。

「狙われたのは、私です。彼女は、人に恨まれるような女性じゃありませんからね。そう考えると、なおさら、彼女は、私の身代わりになったとしか思えないんです」

「たとえそうだとしても、自分を責めるのはよくないな。君が悪いんじゃない。悪いのは、無法に爆弾を仕掛けた奴だ」

亀井は、煙草を取り出して、小川にすすめた。

小川が、その一本を手にした時、二人の新聞記者が、カメラマンと一緒に、走り寄って来た。

眼のくらむようなフラッシュの閃光《せんこう》が、小川をとらえ、同時に、二人の記者の不遠慮な質問が飛んできた。

「あんた、死んだ女性の連れなんだろう？　今、どんな気持ちか、感想を聞かせてくれないかな？」

「ハネムーンだったという話を聞いたんだが、本当はどうなの？」

「なぜ、あんただけ助かったんだい？　その間の事情を説明してくれないか」

矢つぎ早の質問に、小川の顔が蒼ざめてくる。彼には残酷すぎる質問だった。

亀井が、彼をかばうように、新聞記者に立ちふさがって、

「おれたちは、今度の事件を調査している刑事だ」

「刑事？」

「ああ。彼も同じさ」

と、亀井は、記者たちに、警察手帳を見せて、

「君たちの探している男は、今、県警に呼ばれて、事情を聴取されてるよ。あっちへ行けば、特ダネがとれるかもしれないね」

亀井の言葉で、記者たちは、あわてて、病院を飛び出して行った。

「助かりました。カメさん」

小川は、礼をいった。

「いいさ。少し、外の空気を吸ったほうがいいな」

亀井は、小川の身体を抱くようにして、病院を出た。

さすがに、日光《にっこう》に近いところだけに、男体山《なんたいさん》から吹きおろしてくる夜の風は、冷たく、頬を刺した。

「彼女は、まだ二十四歳だったんです」

小川が、呻くようにいった。彼の吐く息が、白くなった。

「わかってる」

「死ぬのには早過ぎますよ。カメさん」

「わかってる」

亀井の吐く息も、夜の闇の中で、白く見えた。

第二章　容疑者

1

小川幸子と森田徳太郎の二つの遺体は、柩《ひつぎ》におさめられ、宇都宮市内の一向寺に安置され、翌日、合同葬儀が行なわれた。

国鉄から、副総裁が駈《か》けつけて、焼香《しょうこう》した。

県警の捜査も、本格化した。

爆発物は、恐らく、ダイナマイト三本ぐらいだったろうと推定された。

問題は、誰が、どこで、それを「やまびこ5号」の14A席の下に仕掛けたかということだった。

栃木県警捜査一課で、この事件を担当した西沢《にしざわ》警部は、時刻表を見ながら、

「問題の『やまびこ5号』は、三月二十六日の十四時三十三分、午後二時三十三分に上野駅を出発した。そして、グリーン車で爆発が起きたのは、乗客や、車掌などの証言から、十六時、つまり、午後四時前後と考えていい。恐らく、犯人は、時限爆弾を、午後四時にセットしておいたのだろう。常識的に考えれば、午後二時三十三分に上野を出てから、午後四時までの間に、『やまびこ5号』の中で、時限爆弾を仕掛けたとしか思えない」

と、七人の捜査員に、自分の考えを話した。

「すると、犯人も、同じグリーン車に乗っていたということになりますね」

名取刑事が、そういった時、東京警視庁の亀井刑事が、小川と一緒に、あいさつにやってきた。

「もういいのですか？」

と、西沢は、小川にきいた。

「遺体は、茶毘《だび》に付し、今日中に、郷里の青森に運びます。それまでに、時間があったので、お寄りしました。何か、私でお役に立つことがあればと思いまして」

と、小川はいった。

「それは助かります」

と、西沢はいった。

「今、時限爆弾は、『やまびこ5号』の中で、上野から現場までの間に、何者かが、14A席の下に仕掛けたものだろうと、いっていたところです」

「私も、そう思います」

と、小川がいい、亀井も、

「同感ですね」

と、肯いた。

「そうだとすると、犯人は、小川さんたちが席を外した間に、時限爆弾を仕掛けたと思います。上野で乗られてから、席を外されましたか？」

「昨日、そこにおられる名取さんにも話したんですが、二人で食堂車に行きました」

「時間を覚えていますか？」

「ええ。大宮駅を出てからすぐ、食堂車が営業を開始したという車内アナウンスがありました。少し夕食には早いと思いましたが、二人ともお腹が空《す》いていたので、食堂車へ出かけました」

「大宮駅を出てすぐというと――」

と、西沢は時刻表に眼をやって、

「『やまびこ5号』は、十四時五十八分大宮着、一分停車して、五十九分に発車していますから、午後三時頃ということになりますか？」

「そうです。午後三時を五、六分過ぎていました。間違いありません」

「グリーン車に戻ったのは、何時頃ですか？」

「食堂車は空いていました。二人で食事を終わった時、列車が宇都宮に着きました」

「宇都宮着は、十五時五十五分ですね」

「列車が発車してからグリーン車に戻りました」

「宇都宮発は、十五時五十七分。すると、午後四時直前に、グリーン車に戻ったことになりますね」

「そうだったと思います。グリーン車に戻ってすぐ、彼女が食堂車にハンドバッグを忘れたのに気付き、私が取りに行ったとたん、爆発が起きたんですから」

「すると、犯人は、あなた方が、食堂車にいた間、午後三時五、六分過ぎから、午後三時五十七分頃までの間に、時限爆弾を仕掛けたと考えていいですね。多分、犯人は、あなた方と同じグリーン車に乗っていて、あなた方が、席を外すのを待っていたんだと思いますよ」

「同感です。上野から一緒に乗り込んだと思います」

「グリーン車は、混んでいましたか？」

「いや、五〇パーセントくらいの乗客でしたね」

「その中に、顔見知りの人間とか、挙動の怪しい乗客はいませんでしたか？」

「それが、何しろ、彼女とはハネムーンでしたから――」

「そうでしたな。無理な質問をして申しわけありません」

西沢は、律義《りちぎ》にわびた。

小川は、頭《かぶり》を振ってから、

「他に、質問はありませんか？」

「犯人は、あなたか、奥さんに恨みを抱いていたものと思われます。名取君に聞いたのですが、あなたは、ご自分が逮捕した人間の中に、犯人がいるのではないかと、考えられているそうですね？」

「そうです。幸子の性格から考えて、彼女が人に恨まれていたとは思えないのです」

「それでは、あなたが手がけた事件の中から、これはと思われる人物を、抽出《ちゆうしゆつ》して頂けるとありがたいのですが」

「それは、私がやりましょう」

と、亀井がいった。

「小川君は、これから青森に、彼女の遺骨を持って行かなければなりません。私は、すぐ東京に帰って、彼の手がけた事件を洗い直してみます。その結果を、こちらに報告しますよ」

2

小川は、その日の「はつかり7号」で、幸子の遺骨とともに、彼女の生まれ育った青森に向かった。

こんなハネムーンになるはずではなかった。「やまびこ5号」で盛岡に行き、小川の母とともに、一日を過ごしてから、青森へ行くはずだったのだ。

小川の人生で、もっとも楽しい旅になるはずだった。もちろん、幸子にとってもである。

二人で、あれこれと楽しい計画を立てていたのだ。幸子は、小川の卒業した小学校を見たいといっていた。

「あなたのことを、いろいろと知りたいの」

と、幸子はいっていた。その言葉は、まだ小川の耳に残っている。

宇都宮から青森まで、約七時間。小川は、膝の上に幸子の遺骨を抱き、じっと考え続けた。幸子の両親は、同じ列車に乗っていたが、小川の気持ちを察して、彼をひとりにしてくれていた。

仙台を過ぎるあたりから、車窓の外が暗くなった。その暗さが、一層、小川を悲しくさせた。が、同時に、幸子の命を奪った犯人に対する怒りが、強く、大きくなっていくのを感じた。やがて、怒りのほうが悲しみを圧倒し始めた。

小川は、唇を嚙《か》みしめて、じっと窓の外の闇《やみ》を見つめた。月明かりのない、漆黒《しっこく》の闇である。その闇の向こうで、犯人が、何も出来ずにいる小川を、嘲笑《ちょうしょう》しているような気がしてくる。犯人の笑い声が聞こえてくるような気さえした。

午後九時二十五分に、青森に着いた時には、暗い空から、粉雪が舞い始めていた。ここには、まだ、冬が居すわっていたのだ。

改札口を出たところで、小川は、幸子の両親を待った。

「お願いがあります」

と、小川は、小柄な幸子の両親に向かっていった。

朴訥《ぼくとつ》な父親は、びっくりしたような顔で、

「どんなことでしょうか？」

「この遺骨は、ご両親の手でお寺に納めてくれませんか」

「あなたは、どうなさる？」

「私は、この手で、幸子を殺した犯人を捕えたいんです。そうしなければ、気がすまないんです。今から、『ゆうづる14号』に間に合います。それで、東京に帰らせてください。犯人を逮捕してから、そのことを、墓前に報告したいのです。私のわがままを許してください」

両親はしばらく黙っていたが、

「あなたの思うとおりにしてください」

父親がぼそっとした声でいった。

両親は、小川から娘の遺骨を受け取ると、深々と彼に頭を下げてから、タクシーに乗り込んだ。

小川は、粉雪の舞う青森の街に、両親を乗せたタクシーが消え去るまで、じっと見送ってから、二十三時五十三分発の「ゆうづる14号」の切符を買うために、窓口へ歩いて行った。

3

寝台特急《ブルートレイン》「ゆうづる14号」は、小川の身体を、翌朝の九時十一分までに、上野駅に運んでくれた。

その足で、警視庁に顔を出すと、ちょうど、書類を調べていた亀井刑事が、驚いた様子も見せず、

「やっぱり、来たね」

と、微笑した。かえって、小川のほうが、「え?」と、声を出した。

「わかってたんですか? カメさん」

「おれが君だったとしても、ゆっくり墓参りをしてはいられないだろうからね。犯人を捕えてから、ゆっくり墓参りをすればいい。そのほうが、彼女へのたむけになると考えるだろうと思っていたからだよ」

「そうなんです。彼女の郷里の青森が近づけば近づくほど、死んだ彼女のために、一刻も早く、犯人を逮捕しなければいけないという気になったんです。それで、彼女のご両親の了解を貰って、Uターンして来たんです」

「よし。君も、これを調べてくれ。君が扱った事件の調書だ」

亀井は、書類の束を半分にして、小川に渡した。

小川は、腕まくりをして、その調書の山に取り組みながら、

「栃木県警から、何か連絡がありましたか？」

「向こうは、負傷者全員に当たって、グリーン車に不審な乗客がいなかったか聞き込みをやっているということだ。それに、あの『やまびこ5号』のグリーン車の切符が、何枚売られていたかも、国鉄に照会している。地味だが、必要な調査だ」

「その調査から、何か出て来るといいんですが――」

「そうだな。ええと、世田谷の強盗殺人事件は、主犯が江木俊二《えぎしゅんじ》、三十六歳。共犯が、山本五郎《やまもとごろう》、二十四歳か」

と、亀井は、調書の一つを声に出して確認してから、

「この二人は、確か、どちらも、まだ刑務所に入っているはずだ」

小川は、捜査一課に来て、まだ三年にしかならない。

そのことが、この場合には、幸いした。

殺人、誘拐などの凶悪犯を、小川が逮捕した場合、量刑の重い犯人は、まだ、出所していないからである。

したがって、容疑者を簡単に限定することが出来た。

三年以内の刑で刑務所に送られ、しかも、すでに出所している者となると、意外に少なかった。

河野《こうの》 仁《じん》（二七） 傷害 一年
細川四郎《ほそかわしろう》（三五） 強盗 二年
小林昌一《こばやししょういち》（二一） 傷害 二年
辻《つじ》 章夫《あきお》（四〇） 傷害 一年
三好典子《みよしのりこ》（三〇） 殺人 三年

このうち、三好典子が、殺人を犯しながら、三年という軽い刑ですんだのは、暴力団員の夫に、虐待《ぎゃくたい》され続け、それに耐えかねて、相手を殺したもので、情状酌量《じょうじょうしゃくりょう》されたからだった。

「疑問がわいて来たんですが」

と、小川が亀井に声をかけた。

「何だい？」

「五人とも、三年以下の刑です。殺人をやって、十年以上の刑務所暮らしというなら、私を憎んで、ハネムーンを狙って、爆弾を仕掛けるかもしれませんが、このくらいの罪で、果たして、あんなことをするものでしょうか？」

「それは違うね」

と、亀井はいった。

「殺人のような大きなことをすれば、犯人のほうも捕まって、刑務所へ送られても、仕方がないと思うものだよ。それに反して、傷害事件なんかは、相手も悪いんだから、このくらいの暴力をふるっても当然だと考えていることがある。そんな人間にとっては、たとえ一、二年の刑務所暮らしでも、こん畜生と思うんじゃないかね。この五人の中では、例えば、辻章夫だ」

「この男のことは、よく覚えていますよ」

と、小川は、二年前に逮捕した男のことを思い出しながらいった。

実直なトラック運転手で、妻と子供が一人いた。酒が好きだったが、別にそれは悪いことではない。ただ、辻は、バーで酒を呑んでいて、大学生二人と喧嘩《けんか》をし、その一人をナイフで刺して、重傷を負わせてしまったのである。

店の者の証言によれば、喧嘩を仕掛けたのは、学生のほうだったらしい。二人とも、柔道部に籍を置く大きな身体で、どちらかといえば小柄な辻は、殺されると思って、ナイフで刺してしまったという。しかし、ナイフを持っていたことと、逃亡したことが、マイナスになって、一年間刑務所に送られた。

その間に、妻は、子供を連れて蒸発してしまった。この辻に、手錠をかけたのは、小川だった。

「すると、カメさんは、この辻章夫が怪しいと思うんですか?」

「動機はあるといっただけだよ。とにかく、この五人を、調べてみようじゃないか。考えるのは、それからだ」

4

妻の浮気相手を半死半生の目にあわせて、一年の刑務所生活を送った河野仁は、郷里の静岡に帰り、父のあとをついで、漁師になっていた。一週間前から、かつお漁船に乗って、インド洋に出ているのがわかった。

前科三犯の細川四郎は、出所したあと、名古屋でまた強盗を働き、公判中だった。

小林昌一は、暴力団S組の組員である。二年間の刑務所送りも、野球トバクで一千万円の借金を作った商店主を監禁し、殴るけるの暴力をふるい、三カ月の重傷を負わせたというものだった。

六カ月前に出所したあとも、S組にいたが、正月の十五日に、S組と対抗しているN組の組員にピストルで射たれ、現在も入院中とわかった。

問題の辻章夫は、出所したあと、世田谷のアパートに住み、作業員として働いているはずだった。

亀井と小川は、京王《けいおう》線の千歳烏山《ちとせからすやま》駅の近くにある「有楽《ゆうらく》荘」という二階建てのアパートに足を運んだ。

管理人に辻の部屋をきくと、一階の端だという。子供の三輪車や、こわれた家具などが、乱雑に置かれている廊下を歩いて、端まで歩いて行った。

「辻」と書いた紙片が、ドアに貼《は》りつけてある。

小川が、ドアを叩いた。返事はない。小川は、どうしますかという顔で、亀井を見た。

亀井は、ノブに手をかけて、引っ張ってみた。

錠はおりていなくて、ドアは、きしみながら外側に開いた。

六畳一間の部屋である。茶色く陽焼けした畳と、その上に、俯伏《うつぶ》せに倒れている男の体が、小川たちの眼に飛び込んできた。

一瞬、二人の刑事は、顔を見合わせてから、部屋に飛び込んだ。

第三章　カレンダーの謎《なぞ》

1

手足が、堅く硬直していた。十本の指が、苦悶《くもん》を凍りつかせたように、くの字に曲がったままだ。

「死んでいる」

と、亀井が呟《つぶや》いた。

すでに、死斑《しはん》が出ていた。かたく結んだ口元から血が流れて、それが赤黒く乾いているのは、苦痛から唇でも嚙んでしまったのだろう。

「毒死ですね。カメさん」

「そうらしい。すぐ、警部に連絡してくれ。それから、鑑識にも来て貰うんだ」

亀井は、強い口調でいい、小川が飛び出して行ったあと、ゆっくりと部屋の中を見廻した。

死体の傍に、ウィスキーの角びんと、コップが転がっている。

(このウィスキーに、毒が入っていたのか)

そうだとしたら、恐らく、これは殺人だろう。

(問題は、この男が殺されたのだとして、それが、小川刑事の事件と、関係があるかどうかということだが――)

亀井が、難しい顔になったとき、管理人室の電話を借りて連絡をすませた小川が戻ってきた。

小川は、改めて辻章夫の死体を見つめながら、亀井に、

「自殺でしょうか？　それとも、他殺でしょうか？」

「まだ、何ともいえないな。自殺なら、妻子に蒸発されたのを悲しんでとでもいうことになるんだろうな。他殺だとした場合、問題は、幸子さんが殺されたこととの関係だよ」

「そうですね」

小川は肯いて、狭い部屋を調べにかかった。

押入れには、布団が一組だけ入っていた。

中古の小さな冷蔵庫と、白黒のポータブルテレビ。それに座布団が二枚。必要最小限の物しかない感じである。

酒は相変わらず好きだったとみえて、押入れの中に、ビールやウィスキーの空びんが、ごろごろしていた。

壁には、近くの酒屋から貰ったらしい、店の名前の入ったカレンダーが、ぶら下がっていたが、それに眼をやった亀井が、突然、

「おい、見ろよ」

と、大きな声を出して、カレンダーを手に取った。

「どうしたんです？」

「ここだよ」

亀井は、ちょうど開いていた三月のカレンダーの二十六日の日付のところを指さした。

その数字が赤丸で囲《かこ》んであっただけではなかった。次の四文字が、書き込んであった。

2

小川は、息を呑んだ。

小川は、三月二十六日の十四時三十三分上野発の東北本線「やまびこ5号」に、幸子と一緒に乗ったのである。そして、グリーン車で、時限爆弾が爆発し、幸子と、もう一人の乗客が死んだ。

「辻章夫が、犯人でしょうか？」

小川は、赤い丸と、東北本線という書き込みを、睨《にら》むように見すえて、亀井にきいた。

「かもしれないな」と、亀井はいった。

「辻は、出所後、作業員として、工事現場なんかで働いていたようだから、工事用のダイナマイトを手に入れるチャンスはあったと思うね」

「そうですよ。ダイナマイトは、手に入れられたはずです」

「君は、グリーン車で、辻を見かけなかったかね？」

「それを、今、考えていたんですが、覚えがないんです。申しわけありません」

「君が謝《あやま》ることはないさ。辻の写真を、栃木県警に送って、入院中のグリーン車の乗客たちにきいて貰おう。ひょっとして、辻が、グリーン車に乗っているのを見た乗客がいるかもしれない」

亀井が、いったとき、パトカーのサイレンの音が、聞こえ、足音と一緒に、鑑識の連中が入って来た。

そのあとから、十津川警部も顔をのぞかせた。

「やあ、カメさん」

と、十津川は亀井に声をかけた。

「殺人《ころし》かね?」

「殺人《ころし》の可能性が七〇パーセント、自殺が三〇パーセントといったところです。それより、面白いものがありました」

亀井はカレンダーを十津川にも見せた。

十津川も、きらりと眼を光らせた。

「この男が、時限爆弾を持って、三月二十六日の東北本線の『やまびこ5号』に乗り込んだということかね?」

「可能性は、大いにありますね」

「その男が殺されたとすると、共犯者がいて、口封じに消したということになるのかね？」

「恐らくそうでしょう。もちろん、他殺としたらですが」

亀井は、この男らしく、慎重ないい方をした。

鑑識が、現場写真を撮《と》ったあと、死体は、解剖のために、大学病院に運ばれて行った。

「辻章夫の最近の行動を、くわしく調べる必要があるね」

と、十津川がいった。

「私は、念のために、五人目の三好典子を調べてみます。彼女は、殺人を犯しながら、三年の刑ですんだんですから、逮捕した小川を恨んでいるとは思えませんが」

亀井が、そういって、出て行ったあと、小川は、管理人を呼んできた。

背の低い、気の弱そうな中年の男だった。

住人の一人が死んだと知らされて、動転しているのが、はっきりとわかった。

「最近、辻章夫さんのところに、会いに来た人はいないかね？」

と、十津川が、管理人にきいた。

「さあ、あの人は、いつも、ひとりで住んでましたから」

「電話がかかってきたことは？　電話は、管理人室にしかないんだろう？」

「はい。私が受けて、辻さんをお呼びしたのは、確か、三回だったと思います」

「一番最近は、いつ？」

「ちょっと待ってくださいよ。何しろ、ショックで、頭が混乱してしまって」

管理人は、蒼い顔で、溜息をついた。

十津川は、微笑して、

「ゆっくり考えて答えてくれればいい」

「確か、一週間ぐらい前です」

「三回とも、相手は同じ人間かね？」

「声は似ていましたよ。若い男の声で、東北の訛《なま》りがありましたから」

「東北訛り？」

「ええ。ここにも、東北出身の人が住んでますが、その人と似た喋り方でしたよ」

「東北といっても、何県出身の人かね？」

「確か、りんごの産地で、私も頂いたことがあります」

「すると、青森県ですか？」

と、小川が傍らからきいた。

「弘前《ひろさき》は青森県ですか？」

「ええ」

「それなら、青森ですよ」

「電話は、どこからかわかるかね？　青森からか、あるいは、東京都内からか」

と、十津川がきいた。

「それは、わかりませんよ。向こうは、ただ、辻さんを呼んでくれというだけですから」

「電話の内容も、わからないんだろうね？」

「わかりません。私は、盗み聞きはしませんから」

「じゃあ、電話のあとの、辻さんの様子はどうだったね？　あわてて、外出するとか、憤慨しているように見えたとかだが」

「さあ。それもわかりませんでしたが――」

「いや、どうもありがとう」

十津川は、礼をいって、管理人を帰してから、

「これは、偶然かねえ？　死んだ幸子さんも青森の出身だが」

「それは、彼女の殺された原因が、私にではなく、彼女自身にあったということですか？」

「そう決めつけるわけじゃないが」

「そんなはずはありません。現に、辻章夫は、私が逮捕した男ですし、三月のカレンダーの二十六日のところに赤丸をつけ、『東北本線』と書き込んでいるんです。彼が『やまびこ5号』に乗り込んで、時限爆弾を仕掛けたことは間違いないと思います。そうでなければ、カレンダーに、そんな書き込みはしないでしょう」

「それでは、電話をかけて来たという東北訛りの男のことを、どう解釈するね？」

「いろいろに解釈できます。働き先で知り合った、単なる飲み友だちだったのかもしれません。東京には、東北出身者が、沢山住んでいますし、青森の人間も、少なくありません。あるいは、辻が、ダイナマイトを盗み出すのに、手を貸した男ということも考えられます。金を払う約束をしたのに、辻が払わなかった。それで相手は怒って、辻を毒殺したのかもしれません」

「なるほどね。そうなると、ますます、二十六日の辻の行動を洗い出さなければならなくなるな」

「きっと、『やまびこ5号』の乗客の中に、目撃者がいてくれると思います。辻は、かなり特徴のある顔ですから」

「辻は、どこの生まれだね？」

「千葉の木更津《きさらづ》の生まれです。青森とは関係ありません」

3

亀井が調べた結果、五人目の三好典子は、現在、郷里の鹿児島《かごしま》に帰っており、三月二十六日には、そこに居たことが証明された。

これで、爆弾事件の容疑者は、辻章夫一人にしぼられた。

辻の写真は、ただちに栃木県警に送られ、県警では、名取刑事たちが、その写真を持って、宇都宮市内の病院を廻って歩いた。

「やまびこ5号」のグリーン車の二十四名の負傷者は、まだ、市内の三つの病院に入院している。その一人一人に、辻の写真が見せられた。

たった一両の車内である。しかも、二十四名の眼である。名取たちは、少なくとも、四、五人は、目撃者が現われるのではないかと期待したのだが、驚いたことに、どの乗客も、辻の写真を見て、当惑し、首を振るだけだった。

それだけではない。二人の乗客は、はっきりと、

「こんな人は、あの時、グリーン車にはいませんでしたよ」

と、否定した。

失望が、名取たちを支配した。

東京では、辻章夫という男を、犯人と断定しているらしい。だが、この男を目撃した乗客が、一人もないというのは、どういうことなのだろうか？

「わからんな」

と、名取たちからの報告を受けた西沢警部も、首をかしげてしまった。

「とにかく、ありのままを、東京に報告するより仕方がないな」

と、西沢はいった。

栃木県警からの報告を受けて、十津川たちも当惑した。

「二つ考えられますね」

と、いったのは、亀井だった。

「辻が変装して、『やまびこ5号』に乗っていたということかね？」

十津川がきく。亀井は肯《うなず》いて、

「それが一つです。もう一つは、犯人が、前から、小川君と幸子さんの座席のナンバ

ーを知っていて、グリーン車以外に乗っていて、時限爆弾を仕掛ける時だけ、グリーン車に入ってきたのではないかということです。あるいは、上野駅で、小川君たちが『やまびこ5号』に乗り込む前に、素早く座席の下に時限爆弾を仕掛けて、発車直前に降りてしまったのかもしれません」

「そういえば、あの切符は、だいぶ前から買ってあったんじゃないのかね？」

と、十津川は小川にきいた。

「二週間前に、購入しました」

「犯人が、何かの理由で、前もって座席ナンバーを知っていたら、カメさんのいうようなことも可能だったはずだね」

「そうですが、私は、辻章夫に話したことはありません。彼が、去年の十一月に出所してから、一度も会っていないんです」

「亡くなった幸子さんには、知らせたんだろう？」

「ええ。もちろん。座席番号も手紙で知らせました」

「彼女が、嬉しさから誰かに話し、それが、犯人に伝わったということも考えられる。とにかく、辻章夫の三月二十六日の行動を知りたいね。『やまびこ5号』に乗るところを見たという証人が見つかるといいんだが」

「辻は作業員として働いていたようですから、その線を調べてみます」

と、小川がいい、亀井も、

「私も、一緒に行こう」

と、立ち上がった。

二人が出て行ったあとで、辻章夫の解剖結果が、報告されて来た。

死因は、やはり中毒死だが、使われた毒物は青酸カリではなく、農薬であり、現場にあったウィスキーのびんの中に、大量に混入されていた。

死亡推定時刻は、二十七日の午後十時から十一時の間である。

十津川が、この報告の中で重視したのは、まず、使われた毒物が、農薬だということだった。

青酸カリや砒素《ひそ》なら、何となく、都会のイメージと重なってくるが、農薬ではそうはならない。いやでも、小川刑事の生まれた盛岡や、幸子の郷里だった青森の地名が結びついてくる。二人とも農家の生まれではないが、それぞれ、親戚知人に、農家があると聞いていたからである。

もう一つは、その毒物が、ウィスキーのびんの中に、大量に混入されていたという指摘だった。

普通、自殺するのに、毒物をウィスキーの中に入れ、それを混ぜ合わせてから飲むような面倒くさいことはやらないだろう。第一、農薬を使うこと自体、自殺にふさわしくない。毒性の強い、それだけ効果の顕著《けんちょ》な農薬は、最近は生産がストップして、農家の物置に眠っているものしかないといわれている。作業員の辻が、そんな農薬を、入手できたというのが、おかしいのだ。

誰かが、農薬を混ぜたウィスキーを、辻に渡し、酒好きの彼が、それを知らずに飲んで死亡したと考えて良さそうである。

その日、三月二十八日の午後四時に、辻章夫の死は、他殺と断定され、正式に、捜査本部が発足《ほっそく》した。

4

その頃、亀井と小川の二人は、新宿にある木島《きじま》建設を訪ねていた。

木島建設は中堅の建設会社で、最近の辻が、ここの作業員として働いていたと聞き込んだからである。

応対に出た人事課の職員は、

「うちの正式の社員ではないんでしょう？」

と、亀井と小川にきき返した。

「そうです。臨時の作業員として、働いていたんだと思いますね。しかし、名簿は作ってあるんじゃありませんか？」

亀井が、きいてみた。

「それは、作らなければいけないことになっていますが」

相手は、背後のキャビネットから、臨時傭《やと》いの名簿を取り出して、頁《ページ》をくっていたが、

「辻章夫、世田谷烏山《からすやま》。これですね」

「どこで働いていたか、わかりますか？」

「うちで、今、利根川の河川敷にスポーツ施設を作る仕事をやっているんですが、そこで働いていることになっていますね」

「利根川のどの辺りですか？」

小川がきくと、藤田《ふじた》というその職員は、ちょっと考えてから、

「これから、そこへ行く用がありますから、ご案内しましょう」

と、いった。

亀井と小川は、木島建設の車に便乗して、出発した。

埼玉県と茨城県の境を流れる利根川の河川敷に着いた時は、夕暮れが、川面《かわも》を包み始めていた。

プレハブの事務所が作られ、その中で、ここの責任者だという山尾《やまお》という男に紹介された。まだ二十七、八歳だが、陽焼けした顔が逞《たくま》しく見えた。

「まあ、お茶でも飲んでください」

と、山尾は、亀井たちに自分でお茶をすすめてから、

「辻という作業員なら、よく覚えていますよ」

「三月二十六日も、ここへ来ていましたか？」

と、亀井がきいた。

「二十六日というと、一昨日《おととい》ですね。来ていましたよ。それが最後で、昨日、今日と姿を見せませんがね」

「二十六日に来ていたというのは、確かですか？」

「ちゃんと、出勤簿を作っていますよ」

山尾は、それを見せてくれた。なるほど、二十六日のところに、辻の判が押してある。

「ここは、何時から何時までですか？」

小川が、出勤簿を見ながらきいた。

「午前九時から午後五時までです。昼休みが、十二時から一時までの一時間です」

「辻は、二十六日に、九時から五時までちゃんと働いていましたか？」

「もちろん。来月一杯で、野球のグラウンド二面と、テニスコート三面、それに附随《ふずい》する更衣室や、便所、シャワー設備などを作らなきゃならないんですから、みんなにみっちり働いて貰っています。さぼるような人間は、すぐやめさせることにしているんです。他へのしめしがつきませんからね」

「昼休みは、自由に行動していいわけでしょう？」

「ええ。そこまで束縛はしませんよ」

と、山尾は白い歯を見せて笑った。

「もう一度確認しますが、二十六日に、辻が、仕事の最中にどこかへ姿を消したことは、ありませんでしたね？」

亀井がくどく念を押したのは、辻が、二十六日の午前九時から午後五時まで、ここで仕事をしていたとすれば、「やまびこ5号」に対して、何も出来なかったことになってしまうからである。

「これでも、ここの責任者ですからね。一人でもさぼるような人間がいたら、ちゃんと覚えていますよ」

と、山尾はいった。

「そうですか――」

亀井は、がっかりした表情になった。彼は、小川を促《うなが》して事務所の外に出た。

すでに、周囲は夜の気配だ。

「参りましたね」

と、小川が小さく溜息をついた。

「ああ、これじゃあ、辻は『やまびこ5号』に時限爆弾を仕掛けることは不可能だ。辻が、ここで働いていて、五時に仕事を終わった時は、もう、爆弾は破裂していたんだし、上野駅へ行って列車に乗り込むことも、発車間際に、14A席に爆弾を仕掛けるのも無理だね。自由になるのは昼休みだが、これだって、十二時から一時までだ。『やまびこ5号』は、一時三十三分に上野駅を出発する。つまり、ここの昼休みが終わって、一時間三十三分たってからだよ。これでは、上野駅に行き、発車間際に時限爆弾をセットして、ここに戻ることは不可能だよ」

「あの若い現場監督が嘘をついているということは考えられませんか？」

「あの様子を見ると、嘘とは思えないね。若いが、自分の仕事には、自信満々みたいだしね。作業員の勤務状態は、しっかりと把握していると思う。まあ、念のために、明日にでも他の作業員に当たって、確認してみたらいいと思うがね。今日は、五時を過ぎてみんな帰ってしまっていたが」

「調べてみます」

「頼むよ」

と、亀井は肯いてから、急に利根川の上流のほうに眼をやって、

「あの鉄橋は、東北本線のじゃないかね?」

月明かりの中に、それは、黒いシルエットになって、長く伸びていた。二百メートルほど離れていて、まるで模型のように可愛らしい。

小川が即答できずに黙っていると、いつの間にか、山尾が背後《うしろ》に来ていて、

「あれは、東北本線の鉄橋ですよ」

と、教えてくれた。

「あの鉄橋までなら、昼休みに車でなら行って来られますね」

小川が、小声で亀井にいった。

「そうだが、時限爆弾は鉄橋に仕掛けられたんじゃなくて、『やまびこ5号』の車内

だ。それに、時間が全く違う。『やまびこ5号』が、あの鉄橋を通過したのは、少なくとも午後二時三十三分以後だしね」

「思い出しましたよ。私たちが食堂車で食事中に、鉄橋を通過しました。あれが、確か、あの鉄橋でしたね。そのすぐあとに爆発があったんだから、午後四時ちょっと前のはずです。となると、辻は、『やまびこ5号』の時限爆弾とは無関係ということでしょうか?」

小川は、失望を覚えながら、亀井の意見を求めた。

「そうだな。辻は、物理的に、『やまびこ5号』のグリーン車に時限爆弾を仕掛けることは出来なかったことになるからな。ただ、『やまびこ5号』で爆発があった時、辻は、この作業場にいた。つまり、近くにいたことになる」

「じゃあ、カレンダーの件は、事件があったあとで、辻が書き込んだことになりますか? 身近に起きた事件なので、印象に残ったから――」

「いや、そんなことは考えられないよ。三月五日には、世田谷で死者が五人も出る工場の爆発事故が起きている。辻のアパートの近くだ。十二日には、あの近くで、若い女性が暴行のうえ殺されている。しかし、辻のカレンダーには、何の書き込みもなかったよ」

「そうでしたね。しかし、辻が実行者じゃないとすると、彼は、今度の事件にどう関係しているんでしょうか？」

「どこかの建設現場から、凶器のダイナマイトを盗み出したのは、辻だろうね」

「それだけの役目でしょうか？」

「そこがわからずに、おれも弱っているんだ。辻が実行者でないとすると、他に主犯がいることになる。そいつは、辻からダイナマイトを手に入れ、二十六日に、『やまびこ5号』のグリーン車に仕掛けたんだ。そのあとで、農薬で、辻の口を封じたんだろう。しかし、辻がダイナマイトを渡すだけの役目だったら、なぜ、二十六日に、『やまびこ5号』に時限爆弾を仕掛けることまで、主犯は辻に喋ったんだろう？　辻が、それを知っていたからこそ、カレンダーに、書き込んだわけだからね。となると、主犯は、辻に何かやらせるつもりだったことになる」

「しかし、辻は、『やまびこ5号』に何も出来ない立場にいたわけです」

「どうも、わからんな」

と、亀井も首をかしげて、遠くの鉄橋を、じっと睨んだ。

5

翌日、小川はもう一度、利根川河川敷にある作業所を訪ね、そこにいた作業員八人に、辻のことをきいてみた。

結果は、同じだった。

八人とも、現場監督の山尾と同じ証言をした。二十六日には、辻は朝九時から夕方五時まで、ここで働いていたというのである。彼らが、口裏を合わせているとは思えなかった。

彼らは、全員が「やまびこ5号」の事件を知っていたし、二十六日の夕方にはわかったとも証言した。そのうちの一人は、五時に仕事が終わってから、車で現場へ行ってみたともいった。

小川の報告で、辻が、爆発事件とは無関係だということが、ますますはっきりしてきた。

「こうなると、カメさんのいう主犯の人間を見つけ出すのが先決ということになってくるね」

と、十津川は亀井たちにいった。

「問題は、辻とどんな関係にあった人間かということです。彼は妻子にも逃げられ、孤独な男でした。そんな男が、どこで、危険な仲間を作ったのか？」

「建設現場じゃありませんね」

と、小川がいった。

「作業員仲間にいろいろと、辻のことをきいてみたんですが、仕事はよくやるが、無口で、つき合いはなかったといっています。多分、自分の過去に触れられたくなかったんだと思います。したがって、友だちはいなかったようです」

「すると、刑務所仲間だな」

と、十津川は断定した。

辻の短い人生は、三つに分けられると、十津川は思う。

㈠家族との楽しい生活の時期。

㈡刑務所生活の時期。

㈢出所後の生活の時期。

第三の時期でないことは、小川刑事の調べでわかった。

第一の時期の友人、知人は、恐らく、辻が事件を起こして、刑務所に送り込まれた時に、彼から遠ざかって行ったろう。

となれば、残るのは、刑務所時代の仲間しかいない。

すぐ、辻が入っていたN刑務所に連絡をとった。

N刑務所内で、辻が親しくしていた囚人は二人いた。その名前が報告されてきた。

井崎直治《いざきなおじ》（三五）岐阜《ぎふ》県出身。傷害罪一年。昨年九月に出所。現在、北海道釧路《くしろ》で漁業に従事。

青野裕二《あおのゆうじ》（二八）青森県出身。傷害罪二年。昨年十月に出所。現在、郷里青森で土建業に従事。


「青野裕二――？」

と、小川が首をかしげた。

「知っている名前かい？」

亀井がきいた。

「幸子に、この名前を聞いたことがあるように思うんです。遠い親戚に、ひとり、乱暴者で、まわりで持て余している男がいる、とです。その男の名前が、確か、青野裕二でした。年齢も、私と同じといっていましたから、ぴったり符合します」

「それに、辻に電話して来た男は、東北訛りだといっていたね。どうやら、この青野という男が、本命と考えていいようだな」

十津川は、そういうと受話器を取って、青森県警に連絡をとった。

青野裕二の二十六日と、二十七日の行動を調べて貰うことにした。この男が犯人ならば、彼は、二十六日に東京に来て、『やまびこ5号』に乗っていなければならないのだ。それに、翌二十七日の夜、口封じのため、辻章夫に農薬入りのウィスキーを渡したはずである。

三十一日になって、青森県警の江島《えじま》警部から電話が入った。

「ご照会のあった青野裕二について、調査しましたので、報告します」

と、江島は、訛りのある声で、十津川にいった。

「まず、現在の生活ですが、青森市内のマンションにひとりで住み、兄のやっている土建会社で働いています。亡くなった父親が、かなりの土地持ちだったので、金には不自由していないようです」

「評判はどうですか?」

十津川がきくと、電話の向こうで、江島は笑った。

「あんまり香《かんば》しくありませんね。酒と女にだらしがなくて、乱暴ですからね。ただし、高校時代は成績が良くて、頭は切れるようです」

「それで、三月二十六日のアリバイですが、わかりましたか？」

「そのことなんですが、この日、青野は、青森を一歩も出ていませんね」

「まさか──」

と、十津川は絶句した。青野がシロなら、容疑者がいなくなってしまうのだ。

「くわしくご説明しましょう。青野は独身なので、食事は外でとっています。彼は、朝食を、いつも近くの『きくの』という食堂でとることにしていますが、二十六日も、午前八時少し前に店に顔を出して、六百円の朝定食を食べています」

「それは、確かなんですか？」

「店の主人夫婦が証言しています。また、青野はツケで食べているんですが、二十六日のところに、彼のサインがしてありました」

「そのあとの行動は、どうですか？」

十津川は、メモをとりながらきいた。

「彼の兄が社長をしている青野建設では、今、青森市内に六階建てのマンションを建設しているんですが、青野は、そこで九時から五時まで働いています。われわれは、一緒に働いている作業員十三人に当たってみましたが、青野が午前九時に現われ、夕方五時まで働いていたことは、間違いないと思います」

「そうですか」

「作業員仲間の証言の他に、青野は昼休みにキャッチボールをしていて、軽い怪我《けが》をしましてね。建設現場の裏にある病院で手当てを受けています。その病院で、青野のカルテを見せて貰いましたが、間違いなく、二十六日に治療をしています」

「どんな怪我だったんですか？」

「キャッチボールをしていて、取ろうとしてバックして、コンクリートの塀に頭をぶつけたんだそうです。すり傷ですから、手当てをして貰っただけで、彼は五時まで働いていています」

「五時以後は、どうですか？」

「兄の久男《ひさお》に誘われて、夕食をとったあと、市内で高級クラブといわれているマキシムというナイトクラブに出かけています。ここのママさんの話では、二人は、八時半頃に来て、十時過ぎまで飲んでいたそうです。兄の久男のひいき店で、間違いなく、二十六日の日付で、二人で九万二千円の請求書が送られ、三十日に支払われていますす」

「二人で九万二千円ですか」

「新しいボトルをおろしたので、と、ママはいっていましたよ。青森でも、高い店では、このくらいが常識のようです」

「二十七日はどうですか？」

「この日は、青野は休みをとっています」

「休みをとっている？」

「そうです。例の食堂には、いつものように午前八時少し前に来て、朝食をとっています」

「そのあとは、どうですか？」

「青野本人は、久しぶりに休みをとったので、一日中、家でごろごろしてテレビを見ていたといっています」

「アリバイとしては、不確かですね」

「そのとおりです。ひとりでマンション住まいですから、証人はいません」

と、江島警部はいった。

十津川は、受話器を置くと当惑した顔で、亀井や小川を見た。

「君たちも聞いていたと思うが、どう思うね？」

「二十六日のアリバイがあったというのは、意外でしたね」

と、亀井が首を振った。

小川は、眼を光らせて、

「しかし警部、二十七日のアリバイは、あいまいです。きっと、東京に来て、辻章夫に農薬入りのウィスキーを与えたに決まっています。そうなれば、二十六日だって――」

「そうはいかないんだよ。小川君」

と、十津川は、冷静にいった。

「肝心の二十六日に、青野が青森を一歩も出ていないとなれば、上野と盛岡の間を走る『やまびこ5号』に、時限爆弾を仕掛けられるはずがなくなるんだ。青野がシロだとすれば、辻を殺す必要もなくなってくる。二十七日のアリバイは、意味がなくなるんだ」

「確かにそうかもしれませんが、私には、青野裕二が、事件に関係ないとは思えないんです。警部、私を青森へ行かせてください。お願いします」

「しかし、青森県警が調べてくれた結果なんだよ」

「そうですが、ひょっとして、何か見落としがあったかもしれません。それに、青野裕二が、私と幸子をなぜ殺そうと考えたのか、その動機も調べて来たいんです」

第四章　鉄壁のアリバイ

1

翌四月一日、小川は青森に向かった。

午前七時三十三分、上野発の「はつかり1号」である。「はつかり」は、上野と青森を結ぶもっとも早い列車で、最高時速百二十キロ、青森まで九時間の旅だった。

午後四時過ぎに青森に着くと、小川は、まず幸子の両親に会った。彼女の位牌《いはい》のかざられた仏壇に手を合わせてから、

「こちらの親戚に、青野裕二という人がいますね？」

と、両親に話しかけた。とたんに、両親の表情が暗くなって、父親のほうが、

「あの男は、みんなに迷惑ばかりかけて」

と、溜息をついた。

「去年、刑務所から出て来たことは知っています。青野は、幸子のことを好きだったんじゃありませんか？　正直に話して頂きたいんです」

小川が真剣にいうと、幸子の両親は当惑した面持《おもも》ちで、顔を見合わせていたが、父親のほうが、

「あなたに話さなかったが、実は、出所してから、幸子に結婚を申し込んで来たことがありましてね」

「やっぱり、そうですか」

「しかし、私も、母《かあ》さんも、きっぱり断わりましたよ。あんな男に、大事な娘はやれませんからね。幸子だって同じでしたよ。幸い、今年になって、あなたのような立派な方が決まって、大喜びしていたんですが」

「私とのことが決まってからも、青野は幸子を諦《あきら》められずに、いろいろといい寄っていたんじゃありませんか？」

「あれは、しつこい男だから――」

と、父親がいい、母親のほうは、

「幸子も、つきまとわれて困っていたみたいですが、あなたから送られた新婚旅行の

スケジュール表や、予約切符なんかを見せて、諦めさせたと、幸子は私にいっていましたわ」

「やっぱり、青野は、新婚旅行のスケジュールを知っていたんですね」

「あれは、幸子が東京の男と一緒になるなんて、どうしても信じられないと、いい張っていたんですよ。それで、仕方なしに、幸子もいろいろと見せたんだと思います。それで、やっと、自分のことを諦めてくれたと、幸子は喜んでいたんですよ」

母親は、そういった。

だが、小川は、逆だったのではないかと思った。

幸子から新婚旅行のスケジュールや、切符を見せつけられた青野は、諦めるどころか、逆に、カッとして嫉妬にかられたのではあるまいか。

可愛さ余って、憎さが百倍ということがある。新婚旅行の途中で、幸子を殺すことを考えたとしても、おかしくはない。

青野は、小川と幸子が、三月二十六日の「やまびこ5号」に乗ることを知っていた。

それも、グリーン車の14Aと14Bの二つの座席に座ることも知っていたのだ。

だから、青野は、14A席の下に、時限爆弾を仕掛けたのではないのか。

ひとりでは難しいので、青野は、刑務所で一緒だった辻章夫を引き込むことにした。

偶然、辻は、小川が逮捕した男だった。それで、辻も喜んで協力した。

ダイナマイトを手に入れたのは、やはり、辻だろう。

ここまでは、自分の推理に間違いはないだろうと、小川は確信した。

問題は、この先である。

辻は、物理的に、二十六日の「やまびこ5号」に時限爆弾を仕掛けることは不可能だった。

青野も、青森県警の調査によると、二十六日には、青森を一歩も出ていないという。

これが事実なら、上野、盛岡間を走る「やまびこ5号」に、時限爆弾を仕掛けることは、不可能だろう。

青野の三月二十六日のアリバイには、どこか、ごまかしがあるに違いない。

そうでなければ、犯人が、いなくなってしまうのだ。

2

小川は青森県警に行き、もう一度、青野裕二の二十六日のアリバイを調べたいと、申し入れた。

捜査一課の江島警部が、「当事者の君としたら、そう思うのも無理はないな」と、いってくれた。

「三浦刑事をつけてあげるから、納得のいくまで調べてみたまえ。彼が、土に、今度の調査に当たったたんだ」

「三浦です」

と、会釈をしたのは、三十二、三歳の、がっしりした身体つきの刑事だった。

「よろしくお願いします」

小川も、頭を下げた。

三浦は、ちらりと、腕時計に眼をやってから、

「最初に、どこへ行きますか？　青野本人にお会いになりますか？」

「いや、彼のアリバイを証言した人たちに、まず会ってみたいですね」

「では、『きくの』という大衆食堂へ行ってみましょう。青野が、よく朝食をとるところです」

二人は、車で廻ることにした。

三浦は、覆面パトカーを運転しながら、

「青野には、会ったことがあるんですか？」

「いや。まだ会っていません」

「それなら、彼の写真をあげましょう」

と、三浦は、片手でポケットから、手札サイズの写真を取り出した。

男が二人写っている。

「サングラスをしているほうが、青野裕二で、もう一人が、建設会社をやっている兄の青野久男です」

「あまり、顔が似ていませんね」

「ええ。だから、兄が、弟になりすましてのアリバイ作りは不可能ですよ」

と、三浦はいった。

「きくの」という大衆食堂は、国鉄青森駅から、歩いて十五、六分のところに、小ぢんまりと店を出していた。

中年夫婦が、女の子を一人つかってやっているのだと、三浦が説明してくれた。中に入ると、午後六時半という時刻のせいで、夕食を食べに来た客で、狭い店内は一杯だった。

小川は、客が少なくなってから、小太りの主人に、青野裕二のことをきいた。

「この間も、刑事さんに話したんだけど、青野さんは、うちの常連さんでしてね。朝食だけですが、毎日、食べに来られますよ。だいたい、朝の七時から八時の間にね」

「三月二十六日にも、来ましたか？」

「ええ。常連さんには、ひとりひとり、帳面を作っているんです」

店の主人は、「青野様」と書かれた大学ノートを見せてくれた。

確かに、三月二十六日の「朝」という欄に、青野の署名がしてあった。

「他の日に来て、二十六日のところにサインしたとは考えられませんか？」

小川がきくと、店の主人は、ニコニコ笑って、

「それは考えられませんよ」

「なぜです？」

「なぜって、あの日には、私たちの五歳になる娘に、お誕生日の贈り物をくれたからですよ。だから、はっきりと覚えているんです」

「娘さんの誕生日が、三月二十六日なんですか？」

「いや、二十七日です。ですから、青野さんも、一日早いが、明日、来られないかもしれないからといって、人形をくれたんですよ。うちのかみさんも、その場にいたから、よく覚えているはずですよ」

小川は、その人形を見せて貰《もら》った。大きな人形で、五歳の娘は、おんぶして遊んで

いた。その子も、自分のお誕生日の前日に、青野に貰ったといった。

3

次に廻ったのは、青野建設が引き受けているマンションの建設現場だった。

今日の作業は終わっていたが、プレハブの事務所には、明かりがついていて、社長の青野久男が、明日の作業の段どりを考えていた。

久男は、小川に向かって、

「あなたが、小川さんですか。幸子のことは、本当にお気の毒です。いい娘さんでしたからね。しかし、私の弟は、関係ありませんよ。三月二十六日は、ずっと青森にいたんですから」

と、笑い声でいった。

色の浅黒い、骨太な感じの男だった。

「二十六日も、ここで働いていたということですか?」

と、小川は、青野久男の顔をまっすぐに見つめてきいた。

久男は、煙草に火をつけてから、

「九時には、ここへ来ていましたよ。それは、他の作業員にもきいてくだされば、わかります。それで、三浦刑事にも話したんですが、あの日、昼休みにキャッチボールをしていて、怪我をして、この裏の白井《しらい》病院で手当てをして貰っています。そこの医者にも、きいてくださいよ」

「もちろん、きいてみます」

と、小川はいった。

白井病院は、内科、小児科、レントゲンの看板をかかげていたが、医者一人に、奥さんが看護婦をかねている小さな病院だった。

白井という医者は、五十歳くらいで、時間外だったが気さくに会ってくれた。

「あの男のことなら、よく覚えていますよ」

と、白井は笑って、

「昼休みにキャッチボールをしていて、コンクリートの塀にぶつかったとかでね。額のあたりから血を出していましたよ。簡単に消毒して、包帯を巻いといてやりました。大した傷じゃありません。すぐ治りますよ。その証拠に、あの日しか来ませんでしたからね」

「三月二十六日だったことは確かですか？」

「そのことでは、そちらの刑事さんに、カルテを見せて差しあげましたがね」

と、白井はいい、小川にもそのカルテを見せてくれた。確かにそのカルテには、三月二十六日と、日付が記入してあった。

「先生は、青野裕二という男を、よくご存じですか？」

と、小川はきいてみた。

「あの兄弟のことなら、よく知っていますよ。兄のほうはまあまあだが、弟のほうは乱暴者でね」

白井は、苦笑してみせた。

「乱暴者ですか——」

「そのくせ、妙に義理堅いところがありましてね。二十六日の夕方、昼間のお礼にといって、菓子折を持って、やって来ましたよ」

「夕方って、何時頃です？」

「五時半頃でしたね。仕事が終わってから、近くの菓子屋で買って来たんでしょうな。ありがたく頂戴しておきましたがね」

（何か不自然だ）

と、小川は思った。

医者は、簡単な治療をしただけなのだ。それだって、タダではなく、ちゃんと治療費を払っているのに、なぜ、わざわざ、菓子折まで持って来たのか？　普通の人間だって、そんなことはしないだろう。

（アリバイ作りではなかったのか？）

4

白井病院を出てから、三浦は、二十六日の夜に、青野兄弟が出かけたという「マキシム」というナイトクラブに案内してくれた。

会員制の洒落《しゃれ》たクラブだった。そのせいか、中年の客が多かった。

小柄なママというのが、なかなかの傑物《けつぶつ》で、素人からこの道に入り、青森市内に同じような高級クラブを、五店持っているのだという。

そのママが、青野兄弟は、三月二十六日に間違いなく遊びに来たと証言した。時間は、八時半から十時半までの二時間。兄弟の相手をした二人のホステスと、マネージャーも、同じ証言をした。彼らが、嘘をついているようには、思えなかった。月に二回くらいしか来ない青野兄弟は、この店にとって、さほど上等の客とはいえなかったから、嘘をつく必要もないはずである。

翌日、小川は三浦と一緒に、もう一度、マンションの建設現場に出かけた。

今日は、働いている作業員たちに会えた。

彼らの一人に、三月二十六日のことをきいた。

昼休みにキャッチボールをしていて、青野裕二が頭に怪我《けが》をしたというので、作業員たちは、この日のことをよく覚えていた。

彼らは、裕二が、午前九時の作業開始の時から夕方五時の終わりの時まで、間違いなくいたといった。二十六日の午後は、社長の青野久男が、休めといったのに、弟の裕二は、頭に包帯を巻いて、五時まで働いたともいった。

作業員たちの証言だけではなかった。

二十六日の午後二時頃、マンションのオーナーが、建設状況を見に来たと聞き、小川は、そのオーナーに会った。君塚《きみつか》興業という、東北地方に百近いマンションを建てた会社で、その営業部長は、

「確かに、三月二十六日に見に行きました。ええ。午後の二時頃です。頭に包帯を巻いた男が、案内してくれました。青野建設の社長の弟です。ああ、その写真の男です」

と、小川にいった。

「三月二十六日に、間違いありませんか？」

小川は、念を押した。

「私の手帳に、ちゃんと書いてありますから、間違いありませんよ。そうだ、この日の夜九時頃だったかな。お客をマキシムに連れて行ったら、青野さん兄弟も来ていましたよ。私も、酒に強いほうですが、あの兄弟も、なかなかですな」

営業部長は、楽しそうに笑った。

小川は、その帰りに、もう一度マンションの建設現場に寄ってみると、午前中は姿を見せていなかった青野裕二が、来ていた。

自然に、小川の表情が険しくなった。

青野は、もう包帯はしていなかったが、額《ひたい》の辺りに、傷痕があった。

青野も、堅い表情で、じっと小川を見てから、

「幸子みたいないい娘を、どこの誰が殺したかと思うと、腹が立って仕方がないんですよ。嘘じゃない。誰かわかったら、おれがそいつを殺してやりたいくらいなんです」

と、強い声でいった。

「青野さんに、誰か、犯人の心当たりはありませんか？」

小川は、わざときいてみた。

青野は、顔色一つ変えず、

「全くありませんね。あんないい娘を殺す人間がいるなんて思えませんからね。小川さんは刑事でしょう。あなたが、誰かに恨まれていて、幸子は、その巻き添えになったんじゃありませんか?」

と、逆にきき返してきた。

小川は、唇を噛んだ。

「辻章夫という男を、知っていますね?」

「辻? 誰ですって?」

「辻章夫です。N刑務所で、あなたが一緒だった男ですよ」

と、小川がいうと、青野は「ああ」と、肯いて、

「あの、かみさんに逃げられた男のことなら覚えていますよ。気の小さい、いい男でしたね」

「今年になって、辻に、何度も電話していますね?」

「いや。刑務所《むしょ》を出たら、電話してくれといわれましたが、こっちも忙しいんで、ぜんぜん連絡していませんよ。そのうち、連絡しようとは思っていますがね」

「彼は死にましたよ」

「死んだ？　まさか――」

「あなたが殺したんじゃないかと思ったんですがね」

「刑事さん。冗談がきつ過ぎますよ。なぜ、おれが、あいつを殺さなきゃならないんです？」

「あなたは、幸子が好きだった。結婚を申し込みもした。しかし、彼女は、私と結婚してしまった。怒ったあなたは、私もろとも彼女を殺してしまおうと決心した。しかし、そのためには、ダイナマイトが要《い》る。そこで、昔の刑務所仲間で、建設現場で働いている辻章夫に連絡して、必要なダイナマイトを手に入れた。あなたは、私と幸子が、三月二十六日の『やまびこ5号』で上野から盛岡に向かうことを知っていた。グリーン車の座席ナンバーもね。そこで、辻から手に入れたダイナマイトで時限爆弾を作り、それを午後四時にセットして、『やまびこ5号』のグリーン車の14A席のシートの下に仕掛けた。午後四時に、それは爆発して、幸子は死んだ。翌日、あなたは、東京へ行き、辻に、農薬入りのウィスキーを飲ませて、その口を封じた。違いますか？」

小川は、青野の反応を見ながら、それだけのことをいってみた。

一瞬、青野の顔色が変わった。が、すぐ、平静な表情に戻り、ニヤッと笑って、

「そりゃ、見当違いですよ。なるほど、おれは、幸子が好きだった。だがね、あんたみたいな立派な人と結婚すると聞いて、心から祝福してたんですよ。嘘じゃない。第一、おれは、三月二十六日には、ずっとこの青森にいて、一歩も外に出ていませんよ。調べてみてください。青森から一歩も出ていないおれに、上野から盛岡へ行く列車に爆弾を仕掛けられるはずがないじゃありませんか。そうでしょう？　刑事さん。それに、辻のことだって、あんたは間違っているね。ダイナマイトを欲しいから、辻に連絡したといいましたね。でもね、小川さん。ダイナマイトなら、うちの会社にだって、ありますよ」

「――」

「うちの会社は、マンションの建設だけじゃなく、道路建設や、トンネル掘りもやりますからね。ダイナマイトは、常時、用意してあるんです。あとで、お見せしますよ。だから、おれが、ダイナマイトが必要な時は、何もわざわざ、刑務所《むしょ》仲間に頼まなくたっていいんです。二、三本なら、楽にごまかせますからねえ。それだけ考えたって、おれが、幸子を殺した犯人じゃないことがわかるでしょうが」

青野は、勝ち誇った顔でいった。

第五章　突破口

1

小川は、打ちのめされて、東京に帰った。

「残念ですが、青野裕二が、三月二十六日に、青森を出なかったことは、認めないわけにはいきません」

と、小川は、正直に十津川警部に報告した。

「しかし、そうだとすると、青野は、『やまびこ5号』に時限爆弾を仕掛けることは、不可能になってしまうよ」

「そのとおりです」

「辻章夫も、『やまびこ5号』に爆弾を仕掛けられなかった。そのうえ、青野裕二もとなると、容疑者が一人もいなくなってしまうじゃないか」

十津川が、肩をすくめるようにしていった。

「残念ですが、そのとおりなんです。もう一つ、私にとってショックだったのは、ダイナマイトのことです。青野建設の倉庫を見せて貰いましたが、裕二のいうとおり、ダイナマイトが、ごろごろしていました。管理もずさんなようですから、彼が、二、三本持ち出しても気がつかないでしょうし、彼は、社長の弟ですから、簡単に、持ち出せます。そうだとすると、彼が、辻章夫を殺さなければならない理由も消えてしまうんです。辻の役目は、青野に、ダイナマイトを調達することと、考えられてきたからです」

「しかし、小川君」

と、黙っていた亀井が、口を挟んだ。

「辻の部屋のカレンダーの書き込みは、どう解釈するんだね？　あのカレンダーの三月二十六日は、赤丸で囲んであったし、辻の筆跡で、『東北本線』の書き込みがあったじゃないか。辻が、ダイナマイトも渡さない、『やまびこ5号』に何もしなかったのなら、なぜあんな書き込みをしたんだろう？　それだけじゃない。なぜ、辻は毒殺されたんだ？　事件のあった翌日にだよ」

「青森から帰ってくる列車の中で、そのことを考え続けて来たんです。ダイナマイトについては、青野のいうとおりですから、ダイナマイトを調達したのは、辻じゃなくて、青野自身だと思うんです。そうなると、辻の役目は、いったい、何だったんだろうかと」

「ダイナマイトを用意する。それで時限爆弾を作る。それを『やまびこ5号』のグリーン車内に仕掛ける。この三つしかないはずだよ。辻は『やまびこ5号』に仕掛けてはいない。それに、ダイナマイトは青野が用意したとなると、残るのは時限装置を作ることしか残っていないがね」

「それでもないようなんです」

「なぜだい？」

「辻のことはよく知っていますが、不器用な男です。それに反して青野は、乱暴者だが、頭がいいという評判でした。したがって、時限装置も青野が作ったと思います」

「じゃあ、辻は何をやったんだろう？　青野は、いったい何を頼んだと思うね？　君の話だと、何もないことになってしまうがね」

亀井は、首をひねっている。

小川も、黙ってしまった。

十津川は、二人の部下のやり取りを、じっと聞いていたが、

「まあ、その辺で一服したらどうだね」

と、自分の煙草を二人にすすめた。

亀井は、「頂戴します」と、一本抜き取って火をつけたが、すぐにもみ消してしまって、

「警部は、どうお考えですか？　これでは、にっちもさっちもいきませんが」

「冷静に考えてみようじゃないか。カメさん」

と、十津川は微笑して、

「まず青野裕二だが、彼の二十六日の行動については青森県警が調べ、そのうえ、小川君が、わざわざ向こうにいって調べた。その結果、青野は、事件の日には青森を出ていないとわかった。これは、信用しなければならないと思う。また、辻章夫も、二十六日には、朝から夕方まで、利根川の河川敷で仕事をしていた。このほうは、亀井君と小川君で調べたから間違いはない。小川君」

「はい」

「君は、青野と辻以外に、犯人がいると思うかね？」

「いいえ。あの二人以外には考えられません。青野裕二本人に会って、ますます、その

確信を強くしました。彼は、明らかに勝ち誇っていましたよ。奴が主犯で、辻を利用したあげく、口封じに殺したに違いありません」

「しかし、警部。二人ともアリバイがあります。それを、どう解釈したらいいんでしょうか?」

「私も、そう思うよ」

「事実を、事実として認めればいいのさ」

と、十津川はいった。

「青野は、三月二十六日に、青森を離れなかった。これは事実だ。辻が、『やまびこ5号』に近づけなかったことも、事実として認めなければならない。だが、『やまびこ5号』に時限爆弾が仕掛けられたことも事実だ。となれば、青野が、青森にいて、『やまびこ5号』に時限爆弾を仕掛けたか、辻が、仕掛けたに違いない」

「しかし警部。青森を一歩も出なかった青野が、どうやって、上野発盛岡行きの『やまびこ5号』に、時限爆弾を仕掛けられたんでしょうか?」

「何か方法があったんだよ。そう考えるより仕方がない。カメさんだって、いろいろと考えたんじゃないかね?」

「確かに考えてみました。青野がいたのが、青森でなくて、盛岡なら、方法はあります」

「うん」

「『やまびこ』というL特急は、上野—盛岡間を走っています。上野発盛岡行きの下りが、『やまびこ』1号、3号、5号、7号と、奇数ナンバーの四本。盛岡発上野行きの上りは、『やまびこ』2号、4号、6号、8号の四本です。青野が盛岡にいたのなら、入場券を買って盛岡駅に入り、発車間際の上り『やまびこ』のグリーン車に、時限爆弾を仕掛けることは出来たと思います。その列車は、上野まで行き、今度は下り『やまびこ』となって、盛岡に向かう。それを『やまびこ5号』に合わせれば、盛岡にいて、殺人を行なえるわけです。しかし、青野がいたのは、盛岡ではなく、青森です。この間は、時刻表でみれば約二百キロあります。これでは、無理です」

亀井は、肩をすくめた。

「それなら、辻章夫のほうを考えてみよう。私も、主犯は青野で、ダイナマイトを調達したのも、時限装置を作ったのも、『やまびこ5号』に仕掛けたのも、青野だと思う。しかし、共犯の辻が、何もやらなかったとは思えないんだよ。どうしても、二つのことが気になるね。第一は、彼の部屋にあったカレンダーのことだ。なぜ、三月二十六日を赤で囲み、『東北本線』の書き込みがあったのか」

と、十津川がいうと、亀井がそのあとを引きつぐような形で、

「第二は、辻の働いていた場所じゃありませんか？　東北本線の路線に近い利根川河川敷ですからね」

「そうだよ、カメさん。それに、その場所は、『やまびこ5号』が爆破され、停車した地点から遠くないんだ。そのことに、意味がないんだろうか？」

「警部」

と、小川が口を挟んだ。

「辻の役目は、確認だったんじゃないでしょうか？」

「確認？」

「そうです。青野は遠い青森にいて、すぐには、計画が成功したかどうかわかりません。その役目を、辻に頼んだんじゃないでしょうか？　辻は現場近くで働いていました。すぐ、飛んで行ける場所にいたわけです。現に、あの河川敷にいた作業員の中に、車で、現場に行った者があると聞きましたから」

「よし。カメさんと二人で、その点を確認してくれ。もし、辻の役目が、計画の成功、不成功の確認だったとしたら、彼は、宇都宮にやって来て、負傷した乗客の収容されている病院を訪ねているはずだからね」

2

亀井と小川の二人が、聞き込みに飛び出して行ったあと、十津川は、壁にかけられた地図に眼をやった。

関東から、東北地方にかけての地図である。

上野から、北に向かって、東北本線が伸びている。

宇都宮の少し先のところに×印がついているのは、そこで、「やまびこ5号」のグリーン車に仕掛けられた時限爆弾が、爆発したことを示している。

さらに、東北本線を北にさかのぼって行くと、仙台、盛岡、そして終点の青森に着く。

亀井のいったとおり、盛岡と青森の間は、約二百キロである。特急でも二時間はかかる。青森にいて、上野―盛岡間を走る列車に、時限爆弾を仕掛けることは不可能だ。

十津川は、地図から眼を離し、しばらく考え込んでいたが、今度は大判の時刻表を取り出して、東北本線の頁を開いた。

メモ用紙に、「やまびこ」の時刻表を書き写した。

（妙だな）

とか、

（どうなっているのかね？）

と、口のなかで呟きながら、十津川は「やまびこ」の時刻表を見つめていたが、また、東北本線全体の時刻表に眼をやった。

四十歳になって、十津川の眼も、いくらか老眼気味になってきている。そのせいか、細かい数字を見ていると、眼が疲れてくる。ときどき椅子から立ち上がって、冷たい水道の水で眼を洗った。

一時間近く、時刻表と格闘していたろうか。最後に、十津川は「なるほどね」と、ひとりで肯《うなず》き、ニヤッとした。

探していたものが、見つかったのだ。

十津川は、チョークで、黒板に、

〈上野駅へ行ってくる〉

下り	上野　盛岡
やまびこ1号	6:33→13:01
3号	9:33→16:01
5号	14:33→21:01
7号	16:33→22:59

上り	盛岡　上野
やまびこ2号	6:40→13:13
4号	8:16→14:43
6号	9:16→15:43
8号	14:16→20:43

と、書いて、部屋を出た。

二時間ほどして、十津川が捜査本部に戻って来ると、亀井たちは先に帰っていた。

「上野駅に、何しに行かれたんですか?」

亀井が、細い眼をして十津川にきいた。

何かわかりましたかという顔だった。

「ちょっと、列車を見に行って来たんだよ」

と、十津川は笑ってから、

「それより、君たちの話を聞きたいね。何かわかったかね?」

「宇都宮に行って来ました」

と、亀井がいった。

「それで?」

「負傷者が運び込まれた市内の三つの病院を廻ってみたんですが、二十六日に、小川君や幸子さんの安否を問い合わせて来た男は、ひとりもいなかったというのです。電話での問い合わせもなかったといっています。意外でした」

「すると、辻の役目は、計画の成功、不成功の確認ではなかったということになるね?」

「そうなんですが――」

「不満なのかね？」

「共犯者として、他に、何もすることがありませんから。何もしなかったのなら、なぜ、殺されたのかということになります」

「その他に、何かわかったことはなかったかね？」

「これは、事件に関係がないと思うんですが――」

「いいさ。話してみてくれ」

「あの日の昼頃、あの近くの東北本線の線路上に、いたずらしたものがあって、列車が十分から二十分おくれています」

「どんないたずらだね？」

「レールとレールの間を、銅線でつないでしまったんです。こうすると、電流が流れて、そこに列車がいるような状態になって、信号が、青から赤に変わってしまうんだそうです」

「なかなか巧妙ないたずらだね」

「その銅線を取りのぞいて、すぐ、復旧したといっていました。巧妙だが、簡単に取りのぞける種類のいたずらです」

「銅線のあった場所は、例の作業場所から遠いかね？」

「歩いて十五、六分のところです」

「それなら、辻が昼休みにやれる距離だな」

「私と小川も、同じことを考えました。しかし、辻の仕業とは考えられません」

「なぜだね？」

「意味がないからです。このいたずらのために、『やまびこ5号』の上野出発は、一分もおくれていないからです。第一、いたずらがしてあったのは、下りではなく、上りの線路だったそうです」

「ふーむ」

と、十津川は、唸《うな》ってから、ポケットに入っていた二枚の切符を取り出して、亀井と小川の前に置いた。

「君たちへの贈り物《プレゼント》だ」

「何です？」

「明後日《あさって》の『やまびこ5号』の切符だよ。三月二十六日と同じ、グリーン車の14Aと、14B席の切符だ」

「これで、私たちに、明後日《あさって》、『やまびこ5号』に乗れということですか？」

「実験をしてみようと思ったのさ。三月二十六日と同じ状況を作ってみたいんだ。明後日、カメさんと小川君は、『やまびこ5号』に乗って、盛岡へ発《た》って貰う」

「警部は、どうなさるんですか？」

「私は、今夜の列車で青森に発つ。私は、青野裕二の代わりだ。青森へ着いたら、連絡するよ」

と、十津川は、楽しそうにいった。

3

その夜、十津川は、十一時五分上野発の「ゆうづる13号」で、青森に向かった。

翌日の午後一時に、捜査本部にいる亀井に、十津川から電話が入った。

「今、青森だ。駅に近いホテル・アオモリの九〇五号室にチェック・インした。なかなかいいホテルで、窓から青森の市内がよく見えるよ。青森県警には、もう、あいさつして来た」

十津川の声が、電話の向こうで、はずんでいた。すべてに慎重な警部にしては珍しいなと思いながら、亀井は、

「警部から頂いた切符ですが」

「明日、必ず、小川君と『やまびこ5号』に乗ってくれよ」

「そうしますが、この実験で、何がわかるんですか?」

「上手《うま》くいけば、事件は解決できると信じている。私の机の一番上の引出しを開けてみてくれないか。そこに、封筒が入っているはずなんだが」

「ちょっと待ってください」

亀井は、受話器を置いて、十津川の机を開けてみた。なるほど、白い封筒が入っていた。表に、「午後四時に開封のこと」と、ボールペンで書いてある。

「明日、それを持って、『やまびこ5号』に乗って貰いたい。そして、午後四時、つまり、三月二十六日に爆発があった時刻になったら、開封してほしいんだ」

と、十津川がいった。

「わかりました」

「芝居がかっていると思うかもしれないが、事件の日と全く同じ状況で、実験をしてみたいんだ。上手《うま》くいっても、状況が違うと、証拠にならなくなるからね」

「よくわかります」

「もう一つ。明日の朝七時、九時、十二時の三回、こちらに電話を入れて貰いたいんだ。私が出たら、すぐ切ってくれればいい。青野裕二は、三月二十六日は、朝七時から八時までの間に、行きつけの食堂で朝食をとったといい、午前九時から仕事場に行った。そして、昼休みにキャッチボールをやって怪我《けが》をしたと証言している。つまり、午前七時、九時、十二時には、青森にいたことが証明されているわけだ。明日、それにならって、私が青森を離れていないことを証明しておきたいんだ」

「やってみましょう」

と、亀井はいった。

この日、亀井は、小川と一緒に捜査本部に泊まった。

何となく興奮しているのは、十津川の芝居がかった実験に、亀井もいくらかつられていたのかもしれない。

翌朝、起きて、顔を洗ってから、ホテル・アオモリに電話をかけ、九〇五号室につないで貰った。

電話口に、十津川が出た。

「やあ、おはよう」

と、十津川がいった。

「今日は、間違いなく、三月二十六日を再現してくれよ」

「わかっています」

と、肯いて、亀井が受話器を置くと、小川が、

「少しばかり、芝居がかり過ぎていませんか？　青野も、辻も、物理的に、『やまびこ5号』に時限爆弾が仕掛けられなかったんですから。実験をしても、無駄だと思いますね」

「警部は、自信があるようだよ」

「どんな自信なんでしょうか？」

「おれにもわからんよ。とにかく、今日は、警部の指示どおりに動いてみようじゃないか」

亀井は、九時と、十二時に、また、青森に電話を入れた。そのたびに、電話口には、十津川自身が出た。

一時過ぎに、亀井と小川は、捜査本部を出て、上野駅に向かった。

4

上野駅の構内に入ると、小川は、いやでも三月二十六日のことを、死んだ幸子のこ

とを思い出して、暗い眼になった。

そんな気持ちを察してか、亀井が、ぽんと肩を叩いて、

「元気を出せよ」

「元気ですよ」

「『やまびこ5号』は、14番線だったな？」

「そうです」

二人は、中央改札口のほうへ歩いて行った。

「やまびこ5号」は、すでに14番線ホームに入っている。四月になって、春の観光シーズンが始まったせいか、改札口の前に、かなりの乗客が集まっていた。

やがて、改札が始まった。

二人は、ホームをゆっくりと歩いて行き、グリーン車に乗り込んだ。

十津川が用意してくれた切符に従って、14Aと14Bに、並んで腰を下ろした。

窓際の14Aに腰を下ろした小川は、そこが、幸子の座っていた席と思うと、どうしても落ち着けなかった。

「代わってやろうか？」

と、亀井が声をかけた。

「いや、ここでいいです。ただ、彼女が、ここで死んだかと思うと、やり切れなくなってくるんです」

「まさか今日は時限爆弾が爆発しないだろうから、落ち着きたまえ」

「それはそうですが――」

「これでも飲んだらどうだ」

と、亀井は、売店で買った罐《かん》ジュースを一つ、小川に渡した。

「やまびこ5号」は、定刻の十四時三十三分に、出発した。

グリーン車は、あの時と同じように、五〇パーセントほどの乗客だった。

小川は、気持ちを落ち着けようと、窓の外に眼をやった。曇り空の下で、家並みや、車や、人の姿が、後方に流れ去って行く。

何本も、煙草を灰にした。

「そろそろ、食堂車へ行こうか」

と、亀井が、声をかけた。

「え?」

「今、三時を過ぎたところだ。二十六日には、今頃、食堂車へ行ったんだろう?」

「そうですが、どうも、食欲がわかないんです。カメさん、ひとりで、食べて来てくれませんか」

「正直いって、おれも食欲がないよ。だが、警部は、二十六日と同じ行動をとれといった。だから、コーヒーでも飲んで来ないか」

二人は席を立ち、隣りの食堂車でコーヒーを飲んだ。幸い、時間が時間なので、食堂車は空《す》いていた。

小川は、浮かない顔で、

「こんなことで、事件が解決できるんでしょうか？」

「警部は、上手《うま》くいけば、事件は解決できるといっていたよ」

「しかし――」

「おれは、警部の言葉を信じるよ。これまでだって、警部の指示に従って、事件を解決して来たからね」

「それはそうかもしれませんが――」

今度ばかりは違うのではないかと、小川は思った。事件のおさらいをしていて、どうして、解決できるだろうか。それより、あの青野裕二を逮捕して、痛めつけたほうが、早道ではないだろうか？

小川が、そんなことを考えているうちに、列車は轟音《ごうおん》を立てて、利根川鉄橋を通過した。

宇都宮駅着が、午後三時五十五分。定刻どおりだった。

二人は、二十六日と同じように、グリーン車に戻った。

「これからどうしますか?」

と、小川がきいた。

「あの時は、私は、忘れ物を取りに食堂車へ戻って、その間に、ここで爆発が起きたんですが、そのとおりにしますか?」

「いや。それはいい。すぐ四時になるからね。警部から預かった封筒を開く時間だ」

亀井は、腕時計に眼をやった。

細い秒針が回転し、四時になった。だが、もちろん、今日は爆発は起きなかった。

「さて、何が書いてあるか、楽しみだな」

と、亀井は、わざとおどけていい、白い封筒の封を切った。

便箋が、一枚入っていた。

〈14A席に、私は、時限爆弾を仕掛けた〉

十津川の字で、そう書いてあった。

思わず、顔を見合わせてから、小川は、しゃがみ込んで、座席の下をのぞき込んだ。

「あった！」

と、ひとりでに、声を出していた。

彼の座席の下側に、平たい箱が、ガムテープでしっかりと固定されていたからである。

亀井も、のぞき込んだ。手を伸ばし、それを引きはがしにかかった。

「大丈夫ですか？」

と、小川がきいた。

「警部が、おれたちを吹き飛ばすはずがないじゃないか」

亀井が笑っていい、引きはがした平たい箱を、自分の膝の上にのせた。

ずっしりと重いボール箱だった。厳重にくくってある麻紐を解いてから、ふたを開けた。

S社製のクォーツ目覚時計と、ダイナマイト三本が、詰め込まれていた。

もちろん、目覚時計は止まっていたし、ダイナマイトに見えたのは、ボール紙の筒に、土を詰めて、色を塗って、本物らしく見せたものだった。

それに、メモが一枚入っていた。

〈これが、14A席の下から見つかったら、青森まで来てくれ。青野裕二を逮捕できる。
十津川〉

第六章　「はつかり2号」

1

亀井と小川は盛岡まで行き、そこから、下りの「はつかり11号」に乗りかえて、青森に向かった。

青森に着いたのは、午前零時十三分だった。

深夜の青森駅に、十津川が迎えに来てくれていた。

さすがに、寒い。だが、十津川の顔は、輝いていた。

「実験は成功したようだね」

「14Aの座席の下から、これが見つかった時は、びっくりしましたよ」

と、亀井はボール箱を持ち上げて見せた。

「ホテル・アオモリに、君たちの部屋をとっておいたから、話は、ホテルへ着いてからだ」

十津川は、二人をタクシー乗り場へ連れて行った。

三人を乗せたタクシーが走り出すと、真夜中の暗い空に、かすかに粉雪が舞い始めた。

東京では、春が盛りだが、この青森では、まだ冬が頑固に居すわっていたのだ。

「雪ですね」

青森生まれの亀井は、嬉しそうにいった。東京では、めったに雪が見られなくなってしまっている。

十津川は、二人のためにツイン・ルームを用意しておいた。部屋の近くの廊下に置かれた自動販売機で、罐ビールと、おつまみを買い込んで、それを味わいながらの話し合いになった。

「私は、今日、一歩も青森を出ていない」

と、十津川は、罐ビールを一口飲んでから、亀井たちにいった。

「しかし、『やまびこ5号』のグリーン車の、それも14A席の下に、ちゃんと箱が仕掛けてありました。どうやったのか、教えてくれませんか?」

亀井も、罐ビールで、のどをうるおしながらきいた。

十津川は、大判の時刻表を持ち出して来た。

「私に、解決のヒントを与えてくれたのは、この時刻表なんだ」

「時刻表なら、私も調べましたが――」

「まあ、聞きたまえ。カメさんだったか、小川君だったか忘れたが、青野裕二が、盛岡にいたのなら、『やまびこ5号』に時限爆弾を仕掛けられたはずだといったことがあった」

「それは、私です」

と、亀井がいった。

「『やまびこ』というL特急は、上野と盛岡の間を走っています。ですから、盛岡駅で、上り『やまびこ』の何号かに時限爆弾を仕掛ければ、その列車が、上野に着いたあと、今度は、下りの『やまびこ』になるはずです。だから、青野が盛岡にいたのなら、可能だったといったんです」

「果たして、可能かどうか、私は、時刻表で調べてみた」

と、十津川はいった。

亀井と小川は、黙って、十津川の説明を待った。

「『やまびこ』1号、3号、5号、7号が下りで、2号、4号、6号、8号が、上りだ」

と、十津川は、いった。

「問題の『やまびこ5号』は、どの上り列車が、引き返すことになるのだろうかと考えた。一番可能性があるのは、『やまびこ2号』だ」

「やまびこ2号」6・40(盛岡)→13・13(上野)

「やまびこ5号」14・33(上野)→21・01(盛岡)

「『やまびこ2号』は、上野に十三時十三分に着く。これなら、十四時三十三分上野発の『やまびこ5号』になれるんだよ。他の4号、6号、8号では、全く時間が合わないんだ。待ち時間が一時間二十分もあるが、これは、その間に、車内の清掃などをするのだろうと思った」

「そのとおりだと思います」

「それで、私は、『やまびこ2号』が、盛岡から上野まで来たあと、今度は、『やまびこ5号』になって、盛岡に向かうのだと思ったんだが――」

「違うんですか」

「もう一度、時刻表を見てくれ。時刻表によると、『やまびこ2号』は、15番線ホー

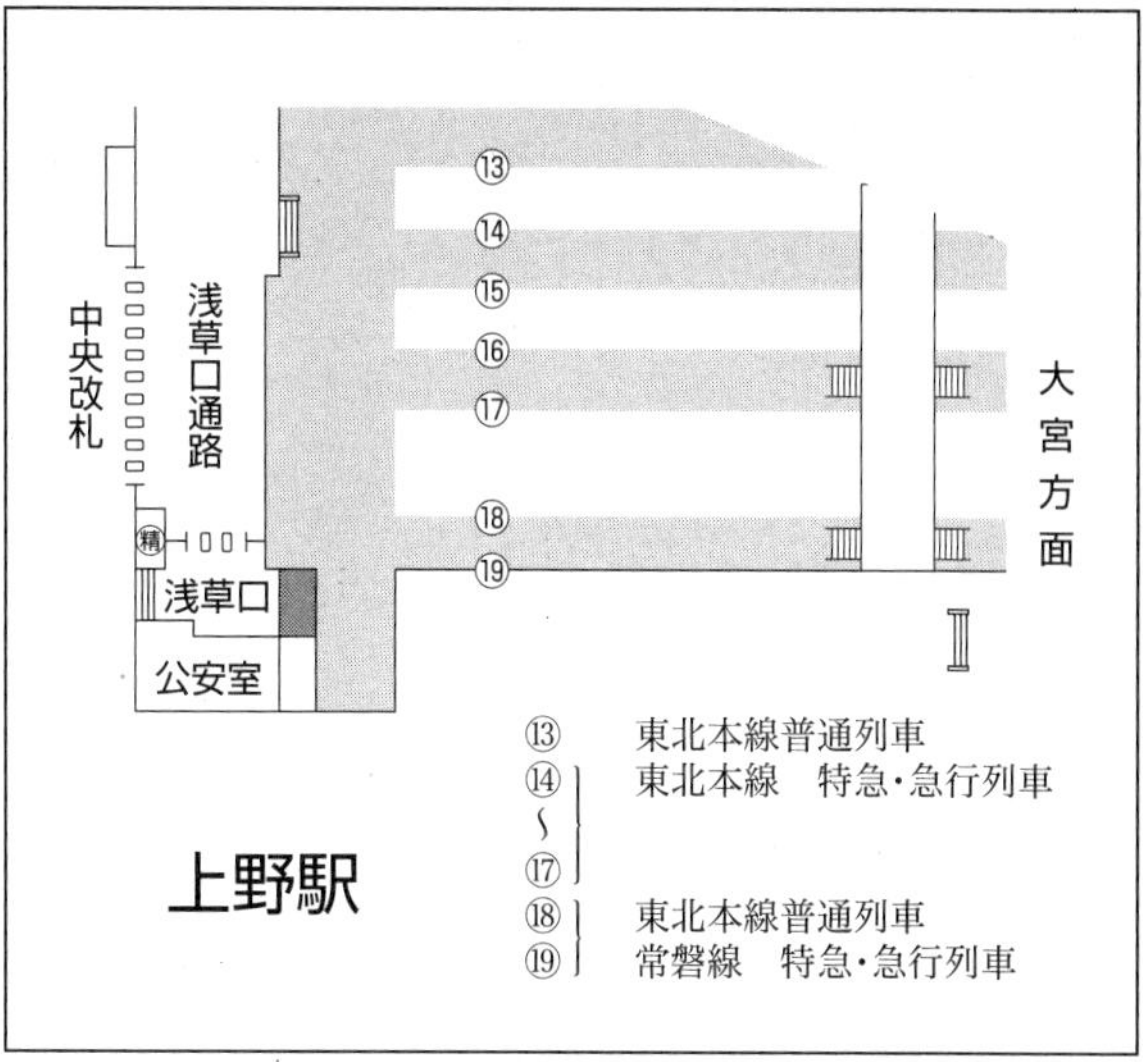

ムに到着するんだよ」

「確かに、そう書いてありますが、それが、どうかしたんですか？」

亀井が、首をかしげた。

「今度は『やまびこ5号』のほうを見てくれ。こちらの出発ホームは、14番線なんだよ」

と、十津川はいってから、手帳を取り出して、上野駅の東北方面行きの列車のホームの見取り図を書いた。

「この図のように、『やまびこ2号』は、『やまびこ5号』が発車するホームとは、別のホームに入るんだよ。隣りの線路だ」

「それは、こういうことじゃあり

ませんか。『やまびこ2号』は、十三時十三分に、上野駅の15番線に到着して、乗客をおろしたあと、隣りの14番線に入れ直して、『やまびこ5号』になるということに」

「私もそう考えた」

と、十津川はいった。

「それで、もう一度時刻表を調べてみた。『やまびこ5号』のところだよ。そこには、こう書いてある」

	L やまびこ5号
行先	盛岡
入線時刻	13:43
発車番線	⑭
上野	14:33
	↓
青森	21:01

「問題は、入線時刻の十三時四十三分だ」

「つまり、こういうことでしょう。『やまびこ2号』が15番線に、十三時十三分に到着して乗客をおろし、車内を清掃したあと、十三時四十三分に、『やまびこ5号』になって、隣りの14番線に入れ直すということだと思うんです」

亀井がそういうと、十津川は、時刻表から眼をあげて、

「ところが、14番線には、入れないんだよ」

2

「え？」

「どういうことですか？」

亀井と小川が、驚いて、十津川を見た。

十津川は、微笑した。

「これからが、今度の事件を解決する糸口になったことなんだよ。もう一度、時刻表を見てほしい。今度は、青森↓上野を走る『はつかり2号』のところだ」

	L はつかり2号
行先	上野
青森	4:53 ↓
上野	13:43
到着番線	⑭

「よく見てくれ。『はつかり2号』は、『やまびこ5号』の入線時刻と全く同じ十三時

四十三分に、上野に到着するんだ。しかも、到着するのは、同じ14番線なんだよ。私が、上りの『やまびこ2号』は下りの『やまびこ5号』になれないといった理由が、これでわかったろう?」

十津川がいうと、亀井が眼を光らせて、

「ひょっとすると、上り『はつかり2号』が、下り『やまびこ5号』に——?」

「しかし、『はつかり』と『やまびこ』では、列車の編成の仕方が違うんじゃありませんか?」

と、疑問を出したのは、小川だった。

十津川は、ニッと笑って、

「私も、同じ疑問を持った。それと、もう一つの疑問の答えをつかもうと思って、私は上野駅へ行ってみた。問題の『はつかり』の列車編成が、二通りあることがわかったよ。ごらんのとおり、『はつかり2号』と、『やまびこ5号』とは、全く同じ列車編成なんだよ。それで上野駅できいてみると、私の予感は当たっていた。青森発上野行きの『はつかり2号』が、上野に着いたあと、今度は盛岡行きの『やまびこ5号』になって、盛岡に向かうんだ。これは、どうやら、列車をもっとも効率的に運行するためらしいのだ。例えば、この『はつかり2号』だが、上野に到着したあと、今度は

『やまびこ5号』になって、盛岡へ行く。次は、翌朝六時四十分盛岡発の『やまびこ2号』になって上野へ行く。驚いたことに、上野に着くと、今度は『ひばり17号』として、仙台行きに変わるんだ。仙台からは、『ひばり6号』としてまた上野へ帰ると、今度は元の『はつかり』に戻って、『はつかり9号』として、最初の出発地である青森へ帰るんだ。こんなふうに、めまぐるしく変えるのは、もっとも時間的なロスを少なく、列車を走らせるためなのだそうだよ。何しろ、赤字国鉄だからね。青野裕二も、恐らく、時刻表を見、国鉄に問い合わせて、このことに気がついたんだと思う」

3

十津川は、罐に残っていたビールを飲みほし、煙草に火をつけた。

「青野は、幸子さんから、小川刑事と結婚するという話を聞き、二人を殺すことを考えた。幸子さんは、その時、『やまびこ5号』で、盛岡に新婚旅行に行くことを話し、グリーン車の切符まで、青野に見せた。青野に諦めさせるためにそうしたのだが、これが、青野に、今度の犯行を計画させることになったんだ」

「ダイナマイトは、青野が自分で用意したと思われますか？」

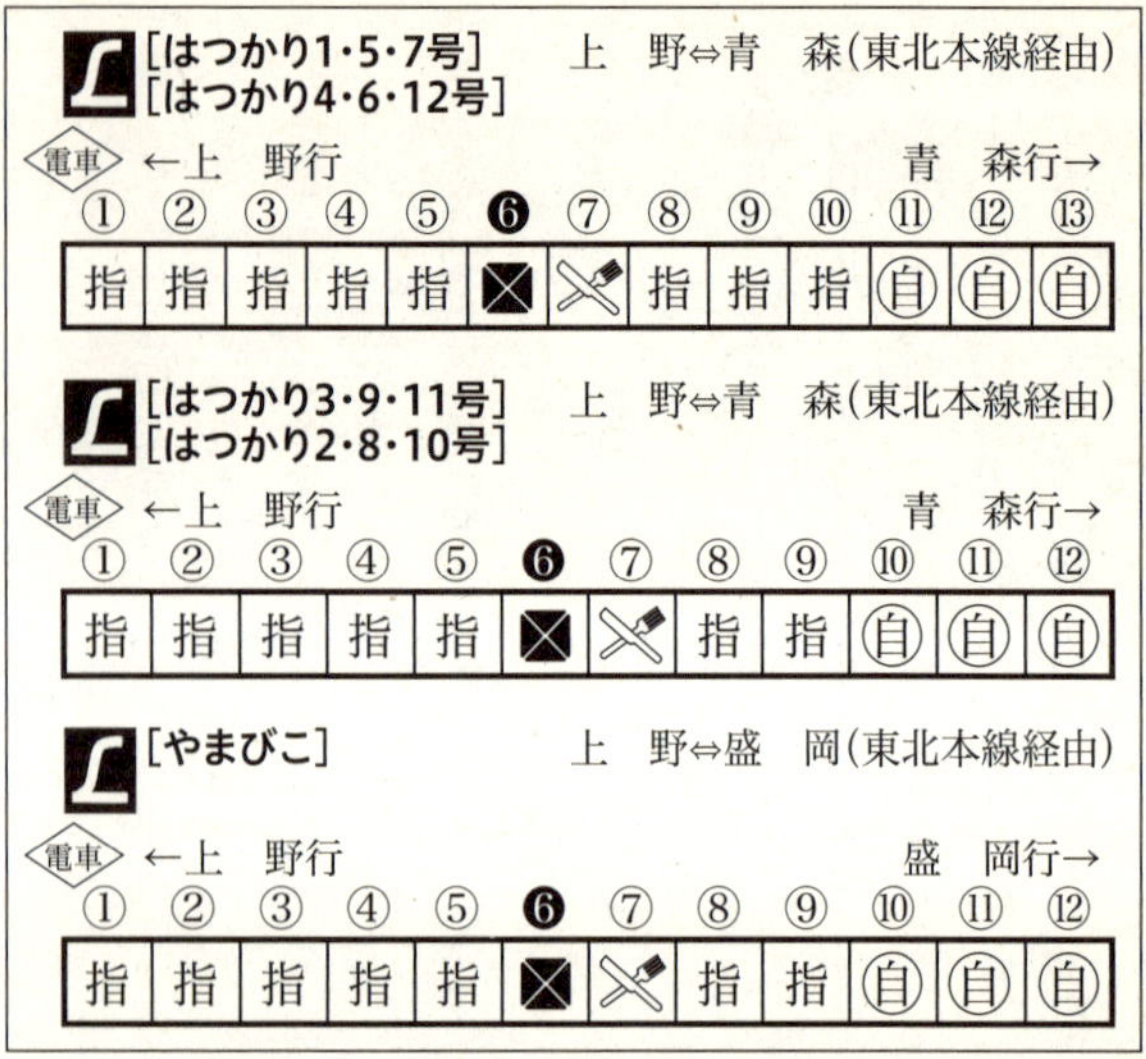

と、小川がきいた。

「もちろんだ。兄の建設会社で、いくらでも用意できるのに、わざわざ、東京の辻章夫に頼んだりはしないさ。そんなことをして、青森まで運ぶうちに、事故が起きたら、元も子もなくなるからね。青野は、自分でダイナマイト三本を用意し、S社の目覚時計を使って、時限爆弾を作ったんだと思うね」

「それを、三月二十六日に、『はつかり2号』に仕掛けたということですね」

と亀井。

「上り『はつかり2号』は、朝の四時五十三分に青森を出発する。

青野は、早く起きて、青森駅へ行き、入場券を買ってホームに入ると、『はつかり2号』のグリーン車に入って、14A席の下に、四時にセットした時限爆弾を取りつけたんだ。そうしておいて、外へ出ると、何食わぬ顔で七時には行きつけの食堂へ顔を出し、そこの主人の娘に、一日早い誕生祝いを贈って印象づけ、建設現場では、昼休み、わざと、頭をコンクリートの塀にぶつけて医者に行ったりした。青森から一歩も出ないことを証明しようとしたわけだ。確かに、青野は青森を出なかったが、その代わりに、爆弾だけが、『はつかり2号』と一緒に、上野へ運ばれて行ったんだ。そして、上野で、『やまびこ5号』に変わる。何も知らない小川君と幸子さんが、グリーン車に乗った。幸子さんは、時限爆弾の上に座ってしまったんだ。午後四時に、ダイナマイトが爆発し、幸子さんと、もう一人の老人が死んだ」

「それで私が疑問に思っていたことが、一つ解けました」

と、亀井がいった。

「何だい？　カメさん」

「事件の起きた時から、犯人が、なぜ、午後四時に時限爆弾をセットしたのか、それが不審でした。犯人が、一番心配したのは、爆発の時、小川君と幸子さんが、座席にいるかどうかということだったと思うのです。もし、その時刻に、二人が食堂車へ行っていたら、失敗に終わってしまうからです。普通なら、六時から七時にかけての夕食時は、避けるでしょうが、二人は、結婚式をすませてから乗るのです。式の間、緊張しているから食べるわけにはいきません。その反動で、式のあとに、急にお腹がすくものです。現に、小川君たちは、三時には食堂車へ行っています。あと十分、二人が食堂車にいたら、青野の計画は失敗していたはずです。青野だって、結婚式のあとは、お腹がすくものだぐらいは、考えたでしょう。それなのに、なぜ、午後四時にセットしたのだろうか？」

「カメさんなら、何時にセットするね」

「そうですね。『やまびこ5号』は、午後九時〇一分に盛岡に着きます。だから、午後八時にセットしますね。八時半でもいい。その頃になれば、食堂車も終了しているし、自分の席に戻っているはずだからです。ところが、青野は午後四時にセットした。なぜなのだろうかと不審に思っていたんですが、『はつかり2号』を利用したのなら、わかります。『はつかり2号』は、午前四時五十三分に、青森を出ます。目覚時計を利用した時限爆弾の場合、十二時間以上のセットは難しいですからね。五時にセットしたら、七分後に爆発してしまう。午後四時というのは、ぎりぎりだったわけです。八時や、八時半にはセットできなかったわけですよ」

「警部」

と、小川が口を挟んで、

「警部は、さっき、二つのことを確かめたくて上野駅へ行ったといわれましたが、もう一つは、何だったんですか？」

「青野が、『はつかり2号』を利用したと、想像がついたが、問題は『はつかり2号』が上野に着いたあと、車内を清掃する。その時に、座席の下に仕掛けた時限爆弾が見つかってしまうのではないかということだった。それで上野駅のホームに立って、見ていたんだよ。列車が到着すると、乗客がおりたあと、ドアを閉めて、清掃が始まる。グリーン車を例にとると、おばさんが二人と、男が一人の三人で、掃除をするんだ。おばさんの一人が、座席の向きをかえる。もう一人が、座席のカバーを新しいものに取りかえる。そして、男が、バケツを持って、座席についている灰皿に溜まった吸い殻を掃除する。だが、座席の下は、ぜんぜん調べなかったね。だから、青野の計画は成功すると思った。ただ、それでも、実際にやってみて、確認したかった。それで、国鉄の窓口に頼んで、『やまびこ』のグリーン車の14Aと14Bの切符を売って貰い、君たちに、乗って貰ったんだよ」

「なるほど」

「実験は、成功した」

「まだ一つわからないことがあるんですが」

と、亀井がいった。

「何だい？　カメさん」

「辻章夫のことです。すべてを青野裕二が計画し、実行したのなら、辻は、何もしなかったことになりますが」

4

「辻章夫も、ちゃんと、犯行の片棒をかついだのさ。だから、口封じに殺されたんだよ」

と、十津川は、断定した。

「どんな役目だったんでしょうか？」

「青野裕二は三月二十六日午前四時五十三分青森発の『はつかり2号』に、時限爆弾を仕掛けた。あとは、列車が勝手に運ぶのを待つしかないわけだが、この場合、青野は、何が一番心配だっただろうか？」

「もちろん、爆弾が爆発しないことじゃないですか」

「そのとおりさ。途中で、時限爆弾が見つかってしまったら、それで終わりだ。発見の危険があるところといえば、『はつかり2号』として青森から上野へ向かう車内と、上野へ着いてから、車内を清掃する時の二つだが、前者は、問題の14A席に腰を下ろした乗客の気持ち次第で、青野にはどうしようもない。どうにかなるのは、上野駅での車内の清掃の時だ。私が、上野駅のホームで見た限りでは、清掃の時に、座席の下までは調べなかったが、青森で結果を待つ青野にしてみれば、心配だったはずだよ。『はつかり2号』は、十三時四十三分に上野駅に着き、五十分後の十四時三十三分に、『やまびこ5号』として、上野を出発する。この五十分の間に、乗客を下ろし、車内を清掃し、『やまびこ5号』の乗客を乗せるわけだ。この清掃の時間が短ければ、作業はあわただしくなり、座席の下に取りつけた時限爆弾が見つかる可能性は、少なくなる。クォーツなら、音はしないし、座席を持ち上げて裏を見ない限り、見つかる恐れはないんだ」

「それで、線路に銅線ですか？」

「そうだよ。青野が辻にやらせたのは、『はつかり2号』の上野着を少しだけ遅らせることだったと思う。辻の部屋のカレンダーの三月二十六日に、『東北本線』と書いてあったのは、そのことだよ。東北本線のレールに銅線を結んで、信号を変え、列車をおくらせるのが、辻に与えられた役目だったんだ。仕掛けられたのが、上りの線路だったというので、最初、われわれは、今度の事件と無関係と考えてしまったが、実は、上りの線路だったからこそ、事件と関係があったんだ。問題の『はつかり2号』は、時刻表によれば、十二時十八分に宇都宮に着く。利根川鉄橋を通過するのは、十二時五十五、六分だ。ということは、辻の働いていた利根川河川敷の作業場の近くを、十二時から一時までの間に通過するということだ」

「それで、辻は、昼休みに、近くの東北本線上りの線路に銅線を仕掛けて、『はつかり2号』をおくらせたわけですね」

「現実に、三月二十六日の『はつかり2号』は、十二分おくれて、上野に着いている。おかげで、車内の清掃などは、あわただしいものになっている。それだけ、14A席の下に仕掛けた時限爆弾が見つかる可能性が少なくなったわけだよ。辻は、青野に頼まれた仕事を、ちゃんと果たしたんだ」

「その辻を、青野は、なぜ殺したんでしょうか？」

と、きいたのは、小川である。

「本当のところは、青野に聞いてみなければわからないが、想像は出来る。青野は、辻と刑務所で一緒だった。その時、辻が、小川刑事を恨んでいると話したんだろう。青野はそれを覚えていて、辻を誘い込んだんじゃないかな。金をつかませたのかもしれない。その金額のことで、辻が不満を持った。あるいは、最初は、ただ、嫌がらせをするだけだと、青野は話したのかもしれない。ところが、殺人事件となって、辻がぶるってしまったということも考えられる。それで、辻が口を割るのを恐れて、青野が殺したのかもしれないね。とにかく、青野が殺したことは確かだよ」

十津川は、言葉を切り、立ち上がって、窓のところへ歩いて行った。

何本かの罐ビールが、空になり、灰皿には、三人の吸い殻が山になっている。

「そろそろ、夜が明けるな」

と、十津川は窓の外に眼を向けた。遠くの空が、白くなってきている。粉雪はやんでいて、澄んだ、清冽《せいれつ》な朝が訪れようとしていた。

「少し眠るかね？」

十津川がきくと、亀井が首を横に振った。

「朝になったら、すぐ県警に協力して貰って、青野裕二を逮捕したいですね。亡くなった幸子さんのためにも」

「私も眠る気になれません」

と、小川もいった。

身体は疲れているはずなのに、気持ちは、逆に高ぶっていた。

(今日、青野を逮捕できれば、彼女の墓参りに行けるかもしれないな)

と、小川は思った。

恐怖の橋　つなぎ大橋

1

雫石川《しずくいし》は、盛岡市内で、中津《なかつ》川と合流して北上川になる。

その雫石川を、せき止めて作られたのが、御所湖《ごしょこ》である。このため、十四年の歳月と四百七十五億円が、ついやされた。

JR盛岡駅から、車で二十分も走れば、御所湖の静かな湖面が見えてくる。湖にかかる繋大橋《つなぎ》を渡ると、有名な小岩井《こいわい》農場である。逆の方向に向えば、盛岡の奥座敷と呼ばれる繋温泉が見えてくる。

この繋大橋の上に、夜になると着物姿の美女が現われ、通りかかる男に声をかけてくるという噂《うわさ》が流れた。

その噂に尾ヒレがついて、女の誘いにのっていい思いをしたという男が出たかと思うと、逆に、死ぬほど怖い目にあったという話も、伝わってきた。

どちらも、調べていくと、あいまいになってしまうのは、噂話の特徴だが、ただ一つ共通しているのは、その女が三十歳くらいの年齢で、大輪のボタンの花模様の着物を着ているということだった。

瘦《や》せぎすで、色白だということも、共通していた。

九月十一日に、繋温泉のS旅館に泊った東京の客も、夕食の時、仲居に、

「この先の橋の上に、美人の幽霊が出るんだってね？」

と、きいた。

仲居は、少しばかりうんざりした顔で、

「あんなの、いいかげんな噂話ですよ」

と、いった。

男の泊り客に多いのだが、やたらに繋大橋の上に現われる美人のことを、聞かれるからだった。

その中年の客は、

「だけど、会ったという人もいるんだろう？」

「そういう話もありますけどね。本当かどうか」

「じゃあ、正体はわからずかね？」

「ここの芸者さんの一人が、酔って、酔いざましに繋大橋の上を歩いているのを見たんじゃありませんか？　あの橋の上は、涼しいから」

「何時頃に出るんだね？」

「出やしませんよ」

と、仲居はいったが、その客は午後十時頃になると、旅館の下駄を突っかけ、浴衣《ゆかた》の上に丹前《たんぜん》を羽おって、出かけて行った。

仲居が、おかみさんに話すと、おかみさんは笑って、

「物好きなお客さまね」

「少し寒くなって来ましたから、カゼでもひかなければいいと、思うんですけど」

と、仲居は、いった。

今年の夏は、この盛岡も連日猛暑が続いたが、さすがに九月に入ると、涼しくなった。特に夜になると、風は冷たい。

それで、仲居は、カゼでもひかなければいいのにと、心配したのだが、その客はなかなか帰って来なかった。

十一時を過ぎても戻らないと、仲居もおかみさんも、心配になってきた。タクシーを拾って、盛岡市内のバーかスナックにでも、飲みに行ってしまったのだろうかとも考えた。そんな客も、たまにいるからである。

しかし、十二時を過ぎても、帰ってくる気配がない。

おかみさんは、仲居一人を連れて、探しに出かけた。

ゆるい坂をおりると、国道に出る。それを渡ったところに、繋大橋がかかっている。対岸に向って、まっすぐに延びる橋である。

昼間は、小岩井農場や、手づくり村へ行く観光バスや車で賑わう繋大橋だが、夜半過ぎの今はひっそりと静まり返り、何メートルおきかに灯っている橋の上の街灯が、やけにわびしく映る。

おかみさんと仲居は、橋を渡りながら、探した。が、泊り客は、見つからない。もちろん、噂の美人の姿もなかった。

二人は、いったん旅館に戻った。が、なかなか寝る気にはなれない。

とうとう、朝になってしまった。いぜんとして、客は帰らないので、おかみさんは警察に届けることにした。

2

宿泊カードによれば、この客の名前は、戸田雄一郎《とだゆういちろう》である。

住所は、東京都調布《ちょうふ》市になっている。S旅館にとっては、初めての客だった。

七人の警察官が、消防署員やS旅館の従業員と一緒になって、御所湖の周辺を捜索したが、なかなか見つからなかった。

二日目からは、御所湖に転落したのではないかというので、ボートを出しての捜索になった。旅館の下駄だけは見つかったが、男の方は見つからない。

S旅館では、家族にも、一応、知らせた方がいいと思い、宿泊カードにあった電話番号にかけてみたが、かからなかった。男は、実在しない、でたらめの番号を書いていたのだ。

四日後の九月十五日になって、沈んでいる中年の男の水死体が、見つかった。

S旅館のおかみさんと仲居が、問題の泊り客だと確認した。

死体は、解剖に廻されたが、その結果は溺死というものだった。旅館の仲居の話では、夕食の時、ビールを三本と、日本酒二本を飲んだということだから、その酔いが、まだ残っていて、橋の欄干から、転落したのだろうと、警察は、推測した。

S旅館では、ともかく、死んだ男の家族に連絡して、遺体を引き取りに来て貰《もら》わなくてはならない。

ただ、電話番号がでたらめだったから宿泊カードの住所、氏名も、信用がならなかった。

部屋に残された背広を調べると、上衣の内側に浅井《あさい》とネームが入っている。どうやら、氏名も偽だったらしい。

運転免許証か名刺でもあればと思ったが、背広にあったのは、十六万二千円の入った財布と、キーホルダーだけだった。男は、茶色の革のショルダーバッグを持っていたのだが、この中にも、本当の住所、氏名がわかるものは、入っていなかった。

この事件は、新聞にものったので、S旅館では、その反応を待つことにした。が、二日たっても、三日たっても、問い合せの手紙も来なかったし、電話もかからなかった。

3

九月二十二日、S旅館に、三十五、六歳の女が、ひとりで泊りに来た。

宿泊カードに、彼女が書いた名前は、有田夕子《ありたゆうこ》で、住所は、東京の練馬区《ねりま》である。

夕食の時、彼女は仲居に、

「前に、御所湖で、事故があったんですってね」

と、話しかけた。

「ええ。男の方が、繋大橋から転落なすったんですよ」

と、仲居が、答える。

「夜おそく、出て行ったんですってね」

「ええ。幽霊を見に行くといわれましてねえ。幽霊なんて噂だけで、本当は出やしませんよって、申しあげたんですよ。それでもお出かけになって」

「何時頃、出かけたの？」

「午後の十時頃でした」

「あたしも、行ってみようかしら」

と、女は、いう。

「止めた方がいいですよ。今も申しあげたように、幽霊の話なんて、噂なんですから」

「でも、興味があるじゃないの」

と、女は、なおもいい、午後十時になると浴衣を脱ぎ、着がえて、出かけて行った。

仲居は、必死になって止めたし、行くのならお供しますといったのだが、女は、

「二人で一緒に行ったら、せっかくの幽霊が出なくなってしまうわ。だから、絶対に追って来ないでよ」

と、強い声で、いった。

仕方なく、仲居は、女をひとりで送りだしたのだが、やはり、心配で仕方がなかった。

おかみさんも、心配だという。仲居は、十二、三分して、女に叱られるのを覚悟で、繋大橋に出かけることにした。

男が死んだ時よりも、一層、風は冷たく感じられた。

橋の袂《たもと》に立って、すかすように見たが、人影らしいものは見当らない。不安は、大きくなった。

あわてて、他の仲居や男の従業員も呼んで、繋大橋の端から端まで、探し廻ったが、結果は同じだった。

おかみさんは、今度は、朝になるのを待たずに、警察に連絡した。警察も、駈けつけ、懐中電灯を使っての捜索になった。

しかし、その女が、水死体で発見されたのは、三日後だった。

S旅館では、女の家族に知らせようとして、また、前と同じことになった。女が書いた住所も、名前も、それに電話番号もでたらめだったのだ。

今度の事件は、二人目ということで、前より大きく、新聞、テレビが取りあげた。二人とも、繋大橋に出るという女の幽霊を見に、夜出かけて行って、死んだということで、

〈幽霊の祟《たた》りか。男女が続けて死亡〉


と、書いた新聞もあった。

繋温泉では、怖い噂が流れて客足が遠のいては困ると考え、盛岡市役所にも頼んで、わざわざ幽霊話は嘘《うそ》、明るく健全な温泉ですというパンフレットを作って、配ること

にした。

その一方、盛岡市役所の広報室では、幽霊話の出どころを探ることにした。

その結果、いろいろなパターンのあることが、わかってきた。

幽霊が女であることは、どの話でも一致していた。が、服装となると、まちまちだった。着物姿が一番多いのだが、白い洋服だという話もあることが、わかった。

問題は、幽霊の正体である。

繋温泉の芸者が、客に惚れたが、結局、失恋して繋大橋から、身を投げた。その芸者の名前は梅香《うめか》という。こんな具体的な名前まで出てくる噂話もあった。しかし、よく調べてみると、確かに繋温泉に梅香という芸者がいたことは間違いないのだが、二年前に七十一歳で、病死しているのである。

繋温泉のある旅館の一人娘が、恋人が自動車事故で急死してから、精神に異常を来たし、彼とよく待ち合せの場所としていた繋大橋のシオンの像の傍で、ひとりで着物姿で舞っていたという。彼女は日本舞踊の名取りだったという、いかにも、もっともらしい話までついているのだが、調べていくと、繋温泉には十七軒の旅館があるのだが、それらしい娘は見つからないのである。

東京からやってきた若い娘が、繋大橋から御所湖に落ちて溺死した。その怨念が幽霊になっているのだという説もあった。確かに今年の四月中旬に、二十五、六歳の女が御所湖で水死体で発見されていた。その時も、繋大橋からあやまって落ちたのだろうといわれた。

彼女が白いコートを身につけていたので、白い服の女の幽霊という噂話が生れたらしい。夜な夜な白い服の美女に誘われて、橋から湖に落ちて死ぬ男が、増えたという、まことしやかな噂もあったが、よく調べてみると、これも嘘だった。今回の二人の男女の死まで、繋大橋から落ちて死んだ人間はいなかったのである。

この若い女の名前は、結局わからずじまいだった。東京の女としたのは、彼女の身につけていた白のコートが、東京のデパートで売っているものだったからである。

結局、どの話もあいまいだったし、本当に女の幽霊を見たという証人は見つからなかった。

4

十月二十五日。

繋温泉の周辺では、もう紅葉も盛りを過ぎようとしていた。

S旅館に、五十五、六歳の男が、この日の午後、チェック・インした。宿泊カードには、中川耕一《なかがわこういち》の名前と、東京都世田谷区中町《なかまち》の住所、それに、電話番号が書き込まれた。

二十五日に来て、二十七日に出発ということだった。二十五日の夕食の際、彼は仲居に向って、

「幽霊が出るというのは、この近くの繋大橋だったね？」

と、きいた。

仲居が、ぎょっとしたのは、このところ二人続けて、例の幽霊を見に出かけて死んでいたからである。

「まさか、幽霊を見に、夜、お出かけになるんじゃないでしょうね？」

と、仲居は、きいた。

相手は笑って、

「出かけるよ。幽霊というのを、一度は見てみたいと思っているんだ」

「あんなのは、嘘なんですよ。幽霊なんていません」

と、仲居はいい、盛岡市の広報紙を持って来て見せた。

「ほら、この通り、噂は全部嘘だと書いてあるでしょう」

といったが、それでも相手は、

「ひょっとして、幽霊に会えるかも知れないじゃないか。とにかく行ってみるよ」

「寒いですよ」

「コートを羽おって行くから大丈夫だ」

「前に、二人も、湖に落ちて亡くなっているんですよ。幽霊を見に行くといって、出かけられて。困ります」

「私は、そんなヘマはやらないから、大丈夫だよ」

「それなら、私がついて行きます」

「冗談じゃない。二人でぞろぞろ行ったら、幽霊が出なくなる。ひとりで、行きたいんだ」

と、男は、きかなかった。

「でも、前のお二人も、うちのお客さまだったんですよ。万一のことがあったら、それこそうちが、縁起の悪い旅館ということになってしまいますよ」

「そうか。それじゃあ申しわけないな」

と、男は、やっとあきらめた感じで、

「じゃあ、今夜はマッサージでもして、寝ることにする。十一時頃に、マッサージさんに来てくれるように、いってくれ」

「どんなマッサージさんが、いいですか」

「そりゃあもちろん、若くてきれいな人がいいよ」

と、男は、笑った。

仲居はほっとして、電話でマッサージを頼み、十一時になったら菊の間に行ってくれるように手配した。

そのマッサージが、十一時ちょっと過ぎに変な顔をして帳場に来た。

「菊の間のお客さん、いませんけど」

と、いう。

仲居は、あわてて菊の間に飛んで行った。

マッサージのいう通り、客の姿はない。布団は夕食のあとで敷いたままで、使った様子はなかった。浴衣と丹前も、布団の上に脱ぎ捨ててあった。

仲居は、青い顔になった。

あの客は嘘をついて、繋大橋に出かけてしまったのだ。

仲居から話を聞いて、おかみさんも、顔色を変え、すぐ夜の繋大橋に向った。仲居と男の従業員も一緒だった。

だが、橋の上に客の姿はなかった。

おかみさんも、仲居も、不吉な予感に襲われた。三人目の溺死者になってしまったのではないかと、思ったからである。

「すぐ、警察に連絡して！」

と、おかみさんが、ヒステリックに仲居にいった時、

「あれは――」

と、仲居は、橋の向うを指さした。

小さな人影が、現われて、それが、ゆっくりとこちらに向って、近づいてくる。

仲居は、じっと、すかすように見ていたが、

「よかった。あのお客さんですよ」

と、ほっとしたように、いった。

確かに、あの客だった。コートの襟を立てて、やや猫背の恰好で、近づいてくると、

「どうしたんです？　おかみさんまで一緒になって」

と、呑気《のんき》にきいた。

「お客さんのことが心配になって、こうして探しに来たんですよ」

おかみさんは、穏やかにいったが、仲居は腹立たしげに、

「外出しないから、マッサージさんを呼んでくれって、おっしゃったじゃありませんか？　嘘なんかついて！　だから、みんなが、心配したんですよ。当り前でしょう」

「いや、申しわけない。つい、美人の幽霊を見たかったものだからね」

と、男は、笑いながらいった。

「それで、きれいな幽霊に、会えたんですか？」

「残念ながら、会えなかったよ」

「ほら、ごらんなさい。幽霊なんかいないんですよ」

「たまたま、今夜は、出なかったのかもね」

「とにかく、戻りましょう。カゼをひきますよ」

と、仲居は、いった。

これで、この客も懲《こ》りたろうと、仲居もおかみさんも思った。

だが、翌二十六日も、男は、夜の十時近くになると、そっと旅館を脱け出した。

仲居やおかみさんがそれに気付いたのは、前日と同じ十一時過ぎだが、今度は呆れて、探しに行かなかった。きっと寒そうに戻って来るだろうと思ったからである。

それでも仲居は心配だったので、旅館の入口で、じっと待っていた。帰って来たら怒鳴りつけてやりたい気持も、あってだった。

しかし、十二時を回っても、今夜は客は戻って来なかった。

おかみさんは、すぐ、電話で警察に知らせておいてから、みんなで繫大橋に探しに出かけた。

深夜の繫大橋は寒々としていて、人通りも車の姿もない。その中にサイレンの音が聞こえて、パトカーが二台やって来た。

警官たちは、おかみさんから事情を聞くと、パトカーで橋を往復し、それから懐中電灯で、湖面を照らしていった。

しかし、見つからない。夜が明けてから警官が動員され、更にアクアラングをつけた救急隊員が、湖中に潜って捜索に当った。

その結果、二十八日の午後になって、男の死体が発見された。

この死体は、前の男女の場合と、少し違っていた。それは、手足と顔に、全部で数ヶ所の打撲痕が、見られたのである。

県警は、それを重視した。事故死よりも、殺人の可能性が強いと、思われたからだった。

死体は、大学病院で司法解剖に回され、警察は、家族に連絡を取ることにした。

S旅館の宿泊カードにあった電話番号にかけながら、刑事は、前の男女のことがあるので、多分通じないだろうという気がしていた。

受話器を耳に当てていると、向うで呼び出しのベルが鳴った。

（通じた）

と、ちょっと意外な気がしていると、

「もしもし」

という若い女の声が、聞こえた。刑事は、宿泊カードに眼をやって、

「中川さんのお宅ですか？」

「はい。中川ですけど」

「中川耕一さんのお宅ですか？」

「はい。私の父ですけど」

と、相手は、いう。

「こちらは岩手県警ですが、すぐ、おいで願えませんか。実は、盛岡近くの御所湖で、年齢五十五、六歳の男の人の死体が見つかったのですが、その人の旅館の宿泊カードが、中川耕一となっているんです。それで、あなたのお父さんかどうか、確認して頂きたいのですよ」

「――」

「もしもし」

「すぐ、そちらへ行きます」

と、女の声は、きっぱりといった。

5

その日の夕方、東京から、中川耕一の娘、中川夕香《ゆうか》が、東北新幹線で到着した。

司法解剖は、すでに終っていた。県警の若い五十嵐《いがらし》という刑事が、彼女を大学病院へ連れて行った。

夕香は、大きく眼を見開いて、死体を見つめていたが、ふいに、声も立てず、眼を開いたまま、涙を流し始めた。

「お父さんのバカ」

と、夕香が小さく呟《つぶや》くのが、五十嵐には聞こえた。

「お父さんに間違いありませんか？」

と、五十嵐は、きいた。

夕香は、彼に強い眼を向けて、

「父は、殺されたんですか？」

と、逆にきいた。

「解剖の結果は溺死ですが、外傷が数ヶ所あるので、殺人事件として捜査を始めると思います」

と、五十嵐は、いった。

彼は、夕香を促《うなが》して、病院を出ると、捜査本部が置かれる盛岡西警察署まで、パトカーで送って行った。

その車の中で、五十嵐は、

「お父さんは、何をやっておられたんですか？」

と、夕香に、きいた。

「喫茶店をやっていました」

「おひとりで？」

「姉が亡くなってからは、私が手伝っていましたけど――」

「お父さんは、幽霊に興味を持っていましたか？」

「幽霊？」

「ええ。近くに繋温泉というのがありまして、お父さんはそこに、幽霊を見に来られたようなんです。温泉の傍に御所湖という人工の湖がありましてね。そこにかかる橋に、女の幽霊が出るという噂があるんです。お父さんは繋温泉に泊って、その幽霊を見に来たと、旅館の人たちにいっていたそうです」

「父が、幽霊なんかに、興味を持っていたとは、思えませんわ」

と、夕香は、はっきりといった。

「それならなぜ、そんなことをいっていたんですかねえ」

と、五十嵐は、首をかしげてから、

「喫茶店をやりながら、幽霊の研究をやっていたなんてことは、ないんですか?」

「いいえ。父は、前はサラリーマンで、最近になってお店を始めたんですけど、父から幽霊の話なんて聞かされたことは、ありませんわ」

「あなたは、どうですか?」

「私?」

「ええ」

「私も、幽霊に興味はありませんわ」

と、夕香は、いう。

この質問は、五十嵐が、個人的な興味でしたものだった。

夕香という娘が、自分と同じ二十五、六歳に見え、また、彼の好きな女優に、横顔が似ていたからである。

「前に、盛岡か繋温泉に、来られたことがありますか？」

「父は、旅行好きでしたから、来たことはあったかも知れませんが、私は聞いたことはありませんでしたわ」

「あなたは？」

「私？　それが、捜査に必要ですの？」

「念のためです」

「私は、ありませんわ。仙台には、行ったことがありますけど」

「お父さんが殺されたとすると、あなたは何か思い当ることがありますか？」

と、五十嵐は、きいた。

「いいえ」

「今度の旅行に出かける時、盛岡の繋温泉に行くと、お父さんはいわれたんですか？」

「いいえ。ただ、三日ばかり、旅行に出かけると、いっただけです」

「行先も、目的も、いわず、ですか？」

「父は、いつも、そうでしたから」

と、夕香は、いった。

「そうなると、やはりお父さんは、幽霊を見に繫温泉に来たんですかねえ」

「でも、幽霊が父を殺す筈がありませんわ。そうでしょう？」

「ええ、もちろん。物盗《ものと》りとも、思えないのですよ。お父さんは、財布を持って、夜、旅館を出たんですが、その財布は盗られていませんからね」

「じゃあ、父を知っている人が、殺したんですか？」

「多分ね」

「父は、融通のきかないところがありますし、頑固ですけど、人に恨みを買うとは思えませんわ」

「被害者の家族は、たいてい、そういいます。当然ですよね。殺されて当然ですなどという家族はいませんからね。それに、優しい人ほど、被害者になり易いんです」

と、五十嵐は慰めるようにいった。

だが、夕香は、かたい表情で、

「父は、優しくはありませんでしたわ」

五十嵐は、何だか、鼻白んだ気分になって、

「あなたにも、優しくなかったんですか？」

と、きいた。

「ええ。亡くなった母にもね」

「でも、あなたは、お父さんが好きだったんでしょう？」

「尊敬はしていました。でも、父としては、どうしても好きになれなかった」

「だから、お父さんのバカ、といったんですか？」

と、五十嵐はきいたが、それには返事はなかった。

「とにかく犯人は、幽霊なんかではなく、お父さんの周辺にいる人間だと思います。だから、東京の警視庁に依頼して、その人たちを調べることになると思いますね。それに、あなたにも、今後、捜査に協力して頂くことになる筈です。あなたは、お父さんと一緒に喫茶店をやっておられたんでしょう。それなら、知らない中に、犯人に会ってる可能性がありますからね」

と、五十嵐は、いった。

6

警視庁捜査一課で、十津川は受話器を置くと、

「カメさん。中川さんが、死んだよ。盛岡で殺されたんだ」

と、亀井刑事に、いった。

「本当ですか」

「ああ。盛岡の繋温泉へ、幽霊を見に行って、殺されたらしい」

「幽霊ですか?」

と、亀井は、聞き返してから、

「そういえば最近、盛岡で、幽霊を見に行って、男と女が事故死していましたね。新聞で、読みましたよ」

「三人目が、中川さんということらしい」

「しかし、信じられませんね。向うの警察は、中川さんが幽霊に殺されたと、思っているんですか?」

「まさか。幽霊に殺されたと思えば、こちらに協力要請はして来ないさ。中川さんの交際関係を洗ってくれと、いって来ている」

「それなら、われわれも、容疑者になるんですか? この間まで、一緒に働いていたわけですから」

亀井は、笑って、いった。

「どうも、娘さんが、中川さんが捜査一課で働いていたことを、向うに話していないらしい」

「娘さんというと、夕香さんのことですね。彼女なら、おやじが元刑事だったことを、黙っているかも知れません」

「カメさんは、会ったことがあるのか？」

「ええ。中川さんの家に呼ばれたことが、何度かありましたからね。その時、夕香さんに会っています」

「どんな娘さんなんだ？」

と、十津川は、きいた。

「気性の激しい娘さんでしたよ。頭がいいからかも知れません。私も、やり込められたことがあります」

亀井が、微笑する。

「しかし、なぜ彼女は、父親が警察にいたことを黙っていたんだろう？　今、カメさんは、彼女らしいといったがね」

と、十津川は、きいた。

「それは、彼女が、警察を快く思っていないからだと思いますよ」

「それは、なぜなんだ?」

「中川さんが、定年前に、突然、警察を辞めたでしょう? 多分、それを彼女は、おやじが辞めさせられたと思っていたんじゃないですか。あの辞職は、突然でしたから」

「カメさんは、何か知ってるんじゃないの?」

と、十津川は、きいた。

「中川さんが辞める前ですが、今年の二月二十日、誘拐事件が起きました。いや、本当は誘拐ではなかったんですが、あの事件が、しこりになっていたようなんですよ」

と、亀井は、いう。

「あれは、久保《くぼ》警部が、担当した事件だろう。中川さんは、あの事件を捜査していたのか」

「そうです」

「それが、警察を辞める原因だったというのか?」

「私は、そう思います」

と、亀井は、いった。

妙な事件だったなと、十津川は思い出した。彼が、直接担当したわけではなかったから、詳細についてはわからないのだが、だいたいの経緯は承知していた。

資産家の一人娘、宮田《みやた》さなえが、誘拐された。そう警察に駈け込んできたのは、宮田家の若いお手伝いだった。

宮田家に、電話を入れると、確かに、娘のさなえは昨日からいないが、父親は、旅行に出かけているのだという。

そのいい方に不審を持って、久保警部のチームが、ひそかに、調べ始めた。

二十五歳のお手伝いは、誘拐されたのだといってきかないし、宮田家は、娘がいなくなったことを、必死になって隠そうとする。どう見ても、誘拐の匂いがするのだ。

久保警部たちは、国立《くにたち》市にある宮田邸を監視した。すでに、犯人から、身代金の要求があったのではないかと考え、取引銀行も調べた。

その結果、その銀行から、五千万の現金が宮田邸に運び込まれたことがわかり、ますます、誘拐の可能性が強くなってきた。

ところが、三日後になって、意外な展開になった。

宮田さなえが、ボーイフレンドの坂西功《さかにしこう》と、下田《しもだ》の旅館で、心中を図り、さなえは死亡したが、坂西の方は死に切れず、地元の警察に出頭してきたのである。

坂西によれば、さなえは最愛の母親が急死してから、生きていく気力がなくなった。

父親は、母が再婚した相手、つまり義父である。そんなことも、原因だったのかも知れないが、一緒に死んでくれといわれ、三日前から、二人で伊豆に旅行し、何とか説得して、帰宅させようとした。しかし、最後には、一緒に死のうと、坂西も思い、まず、さなえの首を締め、続いて自分は手首をナイフで切ったが、死にきれなかったというのである。

誘拐事件が、若い恋人同士の心中事件に変ってしまったのである。

坂西は、殺人容疑で逮捕されたが、裁判では執行猶予になり、釈放された。

これが、問題の事件の、だいたいの経緯である。

「中川さんの辞職と、これは、どんな関係があるんだ？」

と、十津川は、亀井にきいた。

「中川さんが辞めて間もなく、偶然、会いましてね。一緒に呑んだ時、中川さんはべろべろになりましてね。この事件は、まだ、終ってない。おれはそう主張したんだが、受け入れてくれないんだと、叫ぶようにいっていました」

と、亀井は、いった。

「そんな話は、聞いてなかったがね」

「中川さんは頑固な人ですが、警察にいる間は、自分の不満は、一言もいいませんでしたからね。辞める時も、ただ、一身上の都合としか、本多《ほんだ》一課長や、三上《みかみ》刑事部長にはいわなかったようです」

と、亀井は、いう。

「あの事件で、自分の意見が入れられなかったのが、辞める原因だったのか？」

「そういっていました」

「娘さんにも、その話をしたのかな？」

「いや、していないでしょう。娘さんは、だから、中川さんが馘《くび》にされたと考えて、警察に反感を持っているんだと思いますよ」

と、亀井は、いった。

「中川さんは、盛岡に行って殺されてしまったが、カメさんはそれを、心中事件と結びつけて考えているみたいだね？」

と、十津川は、きいた。

「中川さんは、何か目的がないと動かない人だし、幽霊なんて信じない人です。その人が、幽霊を見に、わざわざ盛岡まで行く筈がないんです」

「しかし、幽霊話と心中事件が、どう結びつくんだろう？　宮田家の一人娘が死んだのは、伊豆の下田だからね」

「それは私にもわかりませんが、中川さんは、きっとつながっていると思って、盛岡の繋温泉に行ったんだと思います」

と、亀井は、確信ありげにいった。

「向うの県警は、物好きな男が、繋温泉の橋の上で、幽霊を見に来て誰かとケンカをして殴られ、湖に放り込まれて死んだと考えているようだな」

と、十津川は、いった。

「中川さんをあそこに引き付けたのは、幽霊なんかじゃありませんよ」

亀井は、きっぱりと、いった。

「どうだ、カメさん。二人で、繋温泉に行ってみるか?」

「行きたいですね」

「ただ、上の許可は出ないよ。心中事件はもう解決したことになっているからね。余計なことをするなといわれるのが、いいところだからね」

「それなら、休暇を取って行きましょう」

「よし。私も、休暇を取ろう。今夜中に向うに着ければ、休暇は一日ですむ」

と、十津川は、いった。

7

その日、繫温泉のS旅館に申し込んでおいて、十津川と亀井は、十八時四十八分東京発のやまびこ21号で、盛岡に向った。

十津川は、列車に乗り込むと、手帳を広げた。

「久保警部に、あの事件のことを聞いて、メモしてきたんだよ」

「久保さんは、いい顔はしなかったんじゃありませんか」

と、亀井は、いった。

十津川は、笑って、

「ああ、その通り。中川さんのことを聞いたら、あの事件で、捜査員の間に、何の意見の食い違いもなかったといっていたよ」

「中川さんが死にましたから、そういわざるを得なかったんじゃありませんか。久保さんは、眼を三角にしていませんでしたか？」

「そういえば、していたねえ」

「あの人は、腹を立てると、眼が三角になるんです」

と、亀井は、笑った。

「私が興味があるのは、あの事件の関係者のその後なんだ」

「調べられたんですか？」

「簡単にだがね」

「どうなっていました」

「宮田家の当主の宮田慶一《けいいち》は、今でも宮田工業の社長だ。年齢は四十歳。青年実業家という奴だね」

「若いですね」

「宮田さなえの母親が、彼と再婚したとき四十七歳だから、年下の男と再婚したわけだよ」

「死に切れなかった坂西功は、今、どうしているんですかね？」

「それがわからないんだ。西本刑事に調べておいてくれと、出がけに頼んでおいたがね」

「あと、事件の関係者というと、誘拐されたと警察に駈け込んだ若いお手伝いですね」

「私は、彼女に、一番興味があるんだよ」

と、十津川は、いった。

「名前は、何といいましたか？」

「本田亜木子《ほんだあきこ》だ。天涯孤独で、宮田家のお手伝いをしている時、亡くなったさなえの母親に可愛がられていたし、一人娘のさなえとは、きょうだいみたいに仲がよかったそうだ」

「今、何をしているんですか？」

「行方不明だ」

「行方不明――ですか？」

「誘拐さわぎを引き起こして、宮田家にもいづらくなって、事件のあと辞めている。その後は、わからない」

と、十津川はいい、一枚の写真を手帳の間から取り出して、亀井に見せた。

「なかなか、美人じゃないですか」

と、亀井は、いったあと、

「しかし、天涯孤独と聞いたせいかも知れませんが、ちょっと寂しげに感じますね」

と、いった。

盛岡には、二十一時三十四分に着いた。列車を降りると、ホームには、冷たい風が吹いていて、二人は、首をすくめた。

「私は、盛岡は、初めてでね」

と、十津川がいうと、亀井も、

「私もです」

「東北生れのカメさんでも、まだ、行ってなかった町があるのか？」

「東北は、広いですからね。特にこの岩手県は、大きい県ですよ」

と、亀井は、いった。

駅前から、タクシーに乗って、繫温泉に向った。盛岡の町を抜けると、窓の外は、急に暗く寂しくなった。

「あれが、繫大橋ですよ」

と、運転手が、指さした。

御所湖にかかる大きな橋である。橋は、街灯の光の中に、ぼんやりと、浮んでいた。午後十時近い時刻のせいか、もちろん人通りもなく、車の往来も見当らず、女の幽霊が出てもおかしくない感じだった。

繫温泉のS旅館に入る。十津川がこの旅館を選んだのは、中川がここに泊ったと、聞いたからである。

部屋に入ると、中川の係だったという仲居を呼んで貰った。千代《ちよ》という中年の、その仲居は、十津川の質問に、

「あのお客さんのことなら、もちろんよく覚えていますとも。おかしな方で、繋大橋に出る幽霊を二日も見に行ったんですよ。みんな噂で、幽霊なんか出ませんよと申しあげたのに」

と、いった。

「二日もね」

「ええ。最初の日は、無事にお帰りになったんですけど、次の日の夜、また出かけて、あんなことに。きっと、幽霊が出ないのに腹を立てて、たまたま通りかかった人とケンカをして、殴り殺されて、湖に放り込まれてしまったんだと思いますわ」

「ケンカをしてねえ？」

「ええ。時々、あの橋の上に車をとめているアベックがいることがあるんですよ。あのお客さんは、幽霊が出ないものだから、腹立ちまぎれに、その車を、蹴飛ばしたんじゃないかっていう人もいるんですよ。幽霊が出ないのは、そんなところに車を置いておくからだと思って」

と、千代は、いう。

「それで、ケンカになった？」

「ええ。今の若い人って、自分の車を、ちょっとでも傷つけられると、ものすごく腹を立てるでしょ」

「そうですね」

と、十津川は、逆らわずに一応肯いておいてから、

「中川さんは、二日も、繫大橋に出かけている。幽霊が出ると、信じていたみたいだね？」

と、いうと、千代は、笑って、

「そうなんですよ。あんな分別ありげな方が、幽霊を信じていたなんてねえ」

「本当に、信じていたんだろうか？」

「ええ。信じていましたよ。だって、一日目に、幽霊に会わずにお帰りになったとき、ごらんなさい、ただの噂話だったでしょうと、いいましたら、たまたま、今夜は出なかったなんて、自分が行けば、必ず幽霊は出る筈だみたいないい方をなさっていましたからね」

と、千代は、いった。

「自分が行けば、必ず幽霊が出るみたいないい方をしたんですか？」

「あたしには、そんな風に思えましたけど」

と、千代は、いった。

「だが、あなたは、幽霊なんかいないと思っている？」

と、亀井がきくと、千代は、

「あたしだけじゃありませんよ。ここの人は、みんな幽霊なんかいないと思っていますよ。それに、困っているんです。幽霊を見に来て、続けて三人も、湖に落ちて亡くなっていますからねえ。お客さん方も、気をつけて下さいよ」

と、千代はいい、盛岡市の広報紙を見せてくれた。

幽霊が出るというのは、単なる噂話で、実際には幽霊なんか出ないから、夜、繋大橋に行かない方がいいと書かれた広報紙である。

「それを、あのお客さんにも、お見せしたんですけどねえ」

と、千代は、いった。

8

翌日、朝食のあと、十津川と亀井は、繋大橋へ出かけた。

やわらかな初冬の陽差しが、橋に降り注いでいた。昨夜、タクシーの中で見た寂しい橋とは違って、昼間の繋大橋は、対岸にある小岩井農場へ行く観光バスが、通過して行ったり、人が歩いていたりで、賑やかだった。

並んで歩きながら、十津川は、

「昨日、仲居さんが話してくれたことだけどね。幽霊を見に来て、死んだ二人の人間のことだ」

「ああ、この湖に落ちて、死んだ男女のことですか？」

「ああ。二人とも、宿泊カードに書かれた名前も住所もでたらめで、結局、身元がわからないままになってしまっているといっていた」

「ええ」

「カメさんは、どう見るね？」

と、十津川は、きいた。

「確か、四十二、三歳の男と、三十五、六歳の女でしたね」

「そうだ」

「でたらめでも、一応、東京の住所を書いているところをみると、東京の人間だということは確かだと、思いますが」

「その点は、同感だよ」

「ただ、幽霊を見に来た客が、二人とも、水死してしまうというのは、奇妙だといえば、奇妙ですね」

と、亀井は、いった。

対岸の橋の袂《たもと》に着くと、二人はゆっくりと引き返し始めた。

「カメさんは、幽霊を信じるかね？」

と、十津川が、きいた。

「美人の幽霊というのは好きですが、幽霊は信じません」

と、亀井が、答える。

「私もだよ。だが、幽霊に会いに東京からわざわざやって来て、夜の十時にこの繫大橋に見に来た人間が、三人もいる。水死した男女にしても、中川さんと同じ中年で、仲居さんの言葉を借りれば、分別盛りだ。どう考えても、奇妙だよ」

と、十津川は、いった。

「そうですね。いい大人が、三人も、幽霊の存在を信じて、東京からやって来たというのは奇妙です。しかも、三人とも、死んでしまった」

「カメさん、盛岡西警察署へ行ってみよう」

と、十津川は、いった。

S旅館に戻り、タクシーを呼んで貰って、二人は盛岡市に向った。

西警察署に着くと、中川の事件のための捜査本部の看板が出ていた。

十津川たちは、ここで、事件を担当している木崎《きざき》という警部に会った。

十津川が、事件について聞くと、木崎は、

「あの事件については、通りすがりの犯行という線が濃いという見方になって来ています。被害者が、あの橋の上で、たまたま通行中の人間とケンカをし、殴り殺され、御所湖に、投げ込まれたのでしょう。警視庁には、被害者の周辺を調べてくれるように、お願いしたのですが、それは、必要なくなりました」

と、いった。

ここの警察は、S旅館の仲居と同じようなことを、考えているらしい。

十津川は、その件については何もいわず、

「幽霊の正体は、白いコートを着て、あの湖で死んだ若い女のことではないかという話を聞いたんですが」

と、いった。

「幽霊を見たという人間は、調べていくと、一人もいないんです。どんな女が、幽霊になったかについても、繋温泉の芸者だとか、いろいろあるんですが、嘘がほとんどで、唯一、実際にあった話は、今、いわれた白のコートを着た二十五、六歳の女しかいないわけです。これは、実際にあった話です。今年の四月十五日に、あの湖で水死体で発見されていますから」

と、木崎は、いった。

「東京の女だったそうですね？」

「断定は出来ないのです。ただ、白いコートが、東京のデパートで売っているものだったから、東京と考えただけなのです」

木崎は、正直に、いった。

「その後、幽霊を見に来て、三人の男女が死んだわけですね？」

「その通りです。物好きな人間もいるものです」

「四月十五日に、白のコートで、死んだ女性ですが、顔写真はありますか？」

と、亀井が、きいた。

「死体になってから、鑑識が撮ったものはありますよ」

と、木崎は、いった。

二枚の写真を、十津川と亀井は、見せられた。

確かに、水死体で引き揚げられたあとに撮ったもので、眼を閉じ、水に濡れた写真は、気味悪いものだった。

「どこかで見たような顔ですね」

と、亀井が、いった。

「ああ、宮田家のお手伝いの本田亜木子にどことなく、似ているんだよ」

と、十津川は、いった。

「そういえば、そうですね。しかし、同一人だとなると、どういうことになるんですか?」

「お手伝いは居づらくなって、宮田家をやめた。その後、何かの用で、御所湖に来て、死んでしまったのだ」

と、十津川は、いった。

「その何かの用というのが、問題ですね。彼女自身、幽霊話のモトなんだから、幽霊を見に行ったということは考えられませんね」

「それに、盛岡は、彼女の郷里でもないんだ」

と、十津川は、いった。

二人は、西警察署を出ると、近くの喫茶店に入った。コーヒーを頼んでから、十津

川は手帳に、何か書き込んでいたが、

「一連の事件を、起きた順に、並べてみたんだがね」

と、いって、それを亀井に見せた。

○四月十五日　二十五、六歳の若い女水死、幽霊話の元になる
○九月十一日　四十二、三歳の男水死
○九月二十二日　三十五、六歳の女水死
○十月二十八日　中川元刑事の他殺体発見

「その前の二月二十日に、東京の宮田家で一人娘の誘拐さわぎがあり、三日後の二十三日に心中未遂のあと、彼女だけが亡くなっているんだ」

と、十津川は、いった。

「警部は、関連があると、お考えなんですね？」

と、亀井が、きいた。

「私ではなく、多分中川さんは、関連があると考えて、盛岡へ来たんだと思うね。幽霊さわぎの、幽霊の正体も、知っていたんじゃないかな」

と、十津川は、いった。

「幽霊についてですが、繋温泉の芸者説とか、いろいろあったが、四月十五日に、御所湖で死んだ二十五、六歳の女だけが、本当だといっていましたね」

「その女だがね、私は、行方不明になっている本田亜木子とみて、間違いないと思っているんだ」

と、十津川は、いった。

「しかし、彼女が、なぜ、盛岡へ来たんでしょうか？　郷里でもないし――」

と、亀井は、いう。

「もちろん、何か理由があって来たんだと思っている。形は水死だが、殺されたんだとも思う。あの橋の上から突き落されたら、普通の人間は、助からないだろうからね」

「九月に死んだ男女も、水死でしたが、中川さんの場合は手足や顔を、殴打されていたと、県警は、いっていましたね。だから、殺人事件として、捜査に踏み切ったと」

「中川さんが、元刑事だったからだろう。しっかりと息の根を止める必要があって、犯人は、殴りつけ、気絶させてから、湖に放り込んだんだと思うよ」

と、十津川は、いった。

「中川さんは、誰に会いに、十月二十五日に繋温泉にやって来たんですかね？　まさか、幽霊を見るためじゃないでしょうから」

と、亀井が、いう。

「中川さんは、二十五日に来て、その夜、午後十時に繋大橋に出かけ、翌日も出かけて、殺されている。恐らく、二十五日の夜、十時に、中川さんは、橋の上で、誰かと会う約束になっていたんじゃないかな？　或いは、呼び出したか」

「だが、相手は、来なかった――」

「ああ。だから、もう一度、翌日、同じ時刻に出かけて行った。S旅館の話では、中川さんは、二十五日にやって来て、二十七日に出発するといっていたそうだから、初めから、二十五、二十六日のどちらかに、橋の上で会うということになっていたのかも知れないね」

「中川さんは、二十五日の夜、幽霊に会えなかったと、仲居さんにいった時、当然、会えるみたいな口ぶりだったそうですからね。警部のいうように、会う約束が出来ていたようですね」

と、亀井も、いう。

二人が、S旅館に戻ると、仲居の千代が、

「東京の西本刑事さんから、十津川さんに電話がありましたよ」

と、いった。

十津川が、電話すると、西本が、

「宮田さなえと、心中に関わって、助かった坂西功のその後ですが」

「わかったのか？」

「はい。現在、郷里の盛岡に帰ってゲームセンターを経営しています。市内の中ノ橋近くだそうです。中ノ橋というのは、市内に流れる中津川にかかってる橋だそうで、いい場所らしいですよ」

と、西本は、いった。

「もう一つ、調べて貰いたいことがある。宮田家のお手伝いをしていた本田亜木子のことだ」

「現在、何処にいるかですね？」

「いや、それはもう、わかったんだ。彼女は天涯孤独だったそうだが、恋人はいなかったかどうかを知りたい」

と、十津川は、いった。

「わかりました」

「慎重にやってくれ。私とカメさんが盛岡へ来ていることも、内緒なんだからね」

と、十津川は、念を押して電話を切った。

そのあと、十津川は、亀井に向って、

「本田亜木子がここへ来た理由が、わかったよ。死んだ宮田さなえの心中相手の坂西功が盛岡にいたんだ。本田亜木子は、彼に会いに来た。会った場所が、あの繋大橋の上だったんだろうね」

「坂西が、盛岡にですか？」

「ああ、彼の郷里だそうだ」

と、十津川は、いった。

「どんな男か、会ってみたいですね」

「これから、会いに行ってみようじゃないか」

と、十津川は、いった。

もう一度、タクシーを呼んで貰い、盛岡市内に向った。

市内を流れる中津川の中ノ橋近くで、タクシーを降りる。

周囲に、銀行や、県立図書館などがあり、東警察署の建物も見えた。

それと逆の丘陵地帯に向って、十分ほど歩いたところに、そのゲームセンターがあった。

真新しい店で、さまざまなゲーム機械が置かれ、若い男女というより、中高生と思われる連中が熱中していた。

「かなり、金がかかっている感じですね」

と、電子音の飛びかう店内を見廻しながら、亀井がいった。

十津川が、店員の一人に警察手帳を示して、坂西さんに会いたいというと、奥に案内された。

社長室にいたのは、長身のスポーツマンタイプの若い男だった。壁には、スキューバダイビングをやっている彼の写真が、誇らしげに飾られている。部屋の隅には、ゴルフの道具も置かれていた。

坂西は、笑顔で、十津川たちを迎えて、

「刑事さんも、ゲームをやられるんですか？」

「いや、ああいうのは、苦手でね」

と、十津川は、苦笑してから、

「この先の繫温泉に、女の幽霊が出るという話は、ご存じですか？　橋の上にです」

と、きいた。

「盛岡に住んでいますから、知っていますよ」

「どう思われます？」

「僕は、興味がないですよ」

と、坂西は、いった。

「本田亜木子を、ご存知ですか？」

「ホンダ？　誰です？」

急に、坂西の顔から、笑いが消え、眉が寄った。

「ご存じありませんか？」

「ええ。知りませんよ」

「おかしいな。あなたが、心中に関った宮田さなえさんの家にいた若いお手伝いですよ」

と、十津川は、いった。

「ああ」

と、坂西は、肯いて、

「彼女なら、知っていますよ。しかし、名前は知らなくて――」

「彼女が、今、どうしているか、ご存じですか？」

「いや、知りません」

「今年の四月ですが、繋大橋のある御所湖で、二十五、六歳の若い女が、水死体で見つかっています。彼女が、本田亜木子だと思われるのですがね」

「違うでしょう。あの水死体は、結局、身元がわからないということですから」

「あの事件は、新聞に出ましたか？」

「ええ」

「その時、本田亜木子とは思いませんでしたか？」

と、亀井が、きいた。

「いや、似ていませんでしたからね」

「おかしいな。われわれが見ると、よく似ていますがねえ」

と、亀井が、いった。

坂西は、むっとした顔になって、

「それは、それぞれの見方でしょう。僕は、似ているとは思わなかったんだ」

「ところで、立派なゲームセンターですね。この店を持つには、かなり資金が必要だったんじゃありませんか？」

と、十津川が、きいた。

「何とかなりましたよ」

「どうやってですか？」

と、重ねて、十津川がきくと、坂西は、

「そんなこと、大きなお世話じゃありませんか」

「宮田家から、出して貰ったんじゃないの？」

と、亀井が、いった。

「なぜ、あの家から、出して貰わなきゃならないんですか」

「あんたは、宮田家の一人娘のさなえの恋人だった。その関係でさ」

と、亀井が、わざと乱暴な口調で、いった。

「恋人だったのは、本当ですよ。しかし、僕は、彼女を殺してしまった男ですよ。その上、自分は、死に切れなかった。そんな人間が、あの家から、金を出して貰えますか？」

と、坂西は、怒った声でいった。

「五千万」

と、亀井が、ぼそっといった。

「何のことですか？」

「二月のさわぎの時、宮田慶一は、取引銀行に五千万の現金を、持って来させているんだよ。だから、てっきり誘拐と考えてしまった」

「そんなことは、僕は、知りませんよ」

「あの五千万の現金は、どうなったのかな？」

「僕は、知りません。宮田さんに、聞いたらいいでしょう！」

と、坂西は、声を大きくした。

9

「本田亜木子は、お手伝いだったが、一人娘の宮田さなえとは、とても仲が良かったと聞いているんですが、その点はどう思いますか？」

と、十津川は、相変らず、丁寧な口調で、きいた。

坂西は、ほっとした表情になって、

「本当ですよ。年齢が近かったからでしょうね」

「その本田亜木子が、二月の時、ひとりで宮田さなえは誘拐されたといい張っているんですが、それはなぜですかね？」

と、十津川は、きいた。

「わかりません。彼女は、勝手に、そう考えてしまったんでしょう」

「しかし、現実にあなたは、下田へ出かけていたわけですよね」

「そうです」

「姉妹同様の本田亜木子に、宮田さなえはなぜ、旅行に行くといっておかなかったんですかねえ。いってあれば、彼女が誘拐だと、さわがなかったでしょうにね」

「それは、一緒に死のうということでしたから、誰にもいわずに、二人で出かけてしまったんです」

と、坂西は、いった。

「すると、最初から、心中するつもりで、家を出たわけですか？」

十津川は、不思議そうな顔をした。

「おかしいですか？」

「私は、下田へ行ってから、宮田さなえに、一緒に死んでくれといわれたんだと思っていたんですよ。東京を出発するときから、決っていたんですか？」

「ええ。そうです」

「その時、あなたはなぜ、そんなことはやめろと、説得しなかったんですか？　それに、宮田慶一さんに、話すべきじゃなかったんですかね？」

「それは、彼女が義父の宮田さんとうまくいってなくて、それも、死にたがった理由の一つだったんですよ。だから僕も、宮田さんには話さなかったんです」

「下田には、車で行ったんですね？」

「ええ。僕の車で行きました。ねえ、刑事さん。あのことは、僕は忘れたいんですよ。わかって下さるでしょう？　なぜ、ねちねちと、傷口に触れるようなことを聞くんですか？」

「理由はね、全く、信じていないからだよ」

と、亀井が、いった。

坂西は、顔を赤くして、

「何をいってるんですか？」

「お手伝いの本田亜木子が、誘拐だといってさわいだのは、それらしいことがあったからだよ。あんたは無理矢理、さなえを連れ出したんだ。無理矢理、車に押し込んで、下田に出かけたのさ。それを見ていたから、本田亜木子は、誘拐だといってさわいだんだ」

「でたらめですよ。そんなこと。僕とさなえは、ちゃんと下田のホテルに入っていますよ」

「その時のホテルの従業員の証言というのを、私は調べてみましたがね」

と、十津川はいって、坂西を見つめ、

「二人が着いた時、女の方はぐったりとして、男に支えられるようにして部屋に入ったと、証言していますよ」

「それは、彼女が、車の中でも、すぐ死にたいといって、いきなり睡眠薬を飲んでしまったんです。だから、ぐったりしているように、見えたんでしょう」

と、坂西が、いった。

「それも、おかしいですね。彼女はあなたに最初に、一緒に死んで欲しいといい、心中するために車で出かけたんでしょう？」

「ええ」

「それなのに彼女は、勝手に自分一人で、死のうとしたんですか？」

「それは多分、途中で、僕を巻き添えにするのはいけないと、思ったんでしょうね。優しい性格だったから」

と、坂西は、いった。

「じゃあ、彼女は、睡眠薬も持って行ったんですか？」

「ええ。あの頃、よく眠れないといって、睡眠薬を飲んでいたんです」

「しかし、かかりつけの医者は、睡眠薬を処方したことはないと、いっています」

と、十津川は、いった。これは嘘だった。

それでも坂西は、あわてた様子で、

「きっと、医者以外から手に入れていたんだと思いますよ」

「そんな手づるを、持っていたんですかね？」

「知りませんよ。とにかく彼女は、睡眠薬を持ってったんです」

「その睡眠薬は、どうしたんですか？」

「あわてて、車から、捨てましたよ」

「なぜ、捨てたんですか？」

「また飲んで、死んでしまったら、困るでしょうが」

「しかし、心中しに出かけたんでしょう？」

と、十津川は、きいた。

「もう、あのことは、答えたくない。帰って下さい！」

と、坂西はとうとう、怒鳴った。

十津川は、構わずに、

「浅井という男の人を、知っていますか？」

と、次の質問をした。

「アサイ？　誰ですか？」

「九月十一日に、御所湖で水死した中年の男です。偽名でS旅館に泊ったようですが、背広に浅井のネームが入っていたんです。だから、本名は浅井だと思うんですがね」

「知りませんよ。なぜ、僕に聞くんですか？」

「何となく、あなたが知っているような気がしましてね。それでは、同じ九月の二十二日に、これも御所湖で水死した三十五、六歳の女のことは、どうですか？　知りませんか？」

「帰って下さい！」

と、坂西は、また怒鳴った。

10

十津川と亀井は、外へ出た。

十月三十日の午後五時は、もううす暗い。

十津川は、盛岡の町を歩きながら、

「今日中に帰らなければいけないな」

と、いった。休暇は、一日しか取ってなかったからである。盛岡発の最終の新幹線は、二〇時〇五分だった。

「しかし、収穫はありましたよ」

と、亀井は、いった。

「そうだな」

と、十津川も肯いた。

二人はいったんS旅館に戻り、夕食を食べてから、今日の料金も払って、盛岡に急いだ。

二〇時〇五分発のやまびこ58号に乗った。

その車内で、十津川と亀井は、盛岡での収穫について語り合った。

「全てが、二月に起きた心中事件に発していますね」

と、亀井が、いった。

「あれは、心中なんかじゃなかったんだ。坂西が、心中に見せかけて、宮田さなえを殺したんだな」

と、十津川が、いう。

「捜査は、心中事件として坂西を逮捕して終ってしまったんですが、中川さんは、納得しなかったんでしょう」

「それで、辞めた。辞めたあとも、彼はこの事件をひそかに調べていたんだ」

「ええ。あの人は頑固で、なかなか納得しない人ですから」

「それで、今のわれわれと同じ結論に達したんだろうね。宮田さなえは、殺されたという結論にだ」

「ええ。さなえを殺したのは坂西でしょうが、それを頼んだのは、義父の宮田慶一でしょう」

と、亀井は、いった。

「動機は、宮田家の莫大な財産の独り占めか」

「そうでしょうね。妻はいいことに急死してくれたが、娘のさなえが残っていた。だから、彼女も、殺してしまったんだと、思いますね」

と、亀井。

「坂西への報酬が、五千万か」

「それで、あのゲームセンターを始めたんでしょう。社長で、彼も青年実業家というわけですよ。多分、坂西は、そんな肩書に憧れていたんでしょう。どうも青年実業家というのは、今の若者の憧れのようですから」

と、亀井は、笑った。

車内販売が来たので、コーヒーを注文した。

それを飲みながら、再び二人は話し続けた。

「心中について怪しんでいた人間が、中川さんの他に、もう一人いたわけだ」

と、十津川がいうと、亀井はコーヒーを一口飲んでから、

「そうです。本田亜木子が、いたわけです。彼女は、坂西が殺したと、確信していたんだと思います。その坂西が、盛岡でゲームセンターをやっているのを知って、四月十五日に会いに出かけたんだと思います。ひょっとすると彼女は、宮田さなえが無理矢理連れ出されるのを、見ていたのかも知れませんね。坂西の方は、うるさい奴がやって来たなと考え、彼女を繋大橋に誘い出して、突き落して、水死させたんだと思いますよ。天涯孤独の彼女が死んでも、名乗り出てくる家族はいないと読んだんでしょう。宮田慶一は知っていますが、彼が今回の犯罪に関係していれば、名乗り出る筈がありません。身元不明の女が事故死しても、すぐ話題にはならなくなると思った筈ですよ」

「ところが、まずいことに、幽霊話が生れてしまった」

と、十津川は、いった。

「そうです。それが、いつまでも残ってしまったわけです」

「九月にその幽霊を見にやって来た、中年の男や女を、どう考えるね。二人とも、御所湖で水死しているが」

と、十津川が、きく。

「二人とも偽名を使っていますから、うさん臭い人間だと思いますね。その上、いまだに身元が割れないというのも、不自然ですよ」

と、亀井は、いった。

「この二人とも、二月の心中事件に関係していると思うかね？」

「あの時の登場人物は、死んだ宮田さなえ、殺したと思われる坂西、それにお手伝いの本田亜木子の三人しか、浮んで来ませんが」

「だが、繋温泉に来たところをみるとね。しかも、繋大橋の幽霊を見に来ている」

と、十津川は、いった。

「確かに、そうですね」

「カメさん」

「はい」

「宮田家の奥さんだが、確か名前は、宮田文子《ふみこ》だったね」

「そうです」

「彼女は急死したということを聞いたんだが、どんな死に方をしたんだろう？」

「そこまでは、わかりませんが――」

「もしそれも他殺だったら、問題の二人は、それに関係しているのかも知れない」

と、十津川は、いった。

「宮田慶一が、やらせたということですか？」

「そうだ。宮田は、財産狙いで宮田文子と結婚して、入り込んだ。しかし、なかなか財産を自由に出来ない。そこでまず、妻の文子を殺し、次に心中に見せかけて、一人娘のさなえを殺した――」

「あり得ることですね。そうなると、九月に死んだ男と女は、宮田慶一に命令されて、繫温泉に来たことになりますね？」

「私の考えた通りならね」

と、十津川は、いった。

二三時三二分に、東京着。迎えに来ていた西本刑事が、

「本田亜木子のことを調べてみましたが、男のかげはありませんね。本当に、天涯孤独だったようです」

「だから、なおさら、宮田さなえのことを、考え続けていたんだろうな」

と、十津川は、いった。

十津川は、自宅には戻らず、そのまま警視庁に向った。泊り込んででも、一刻も早く、今回の事件を解決したかったのだ。

「宮田文子の急死の事情を調べて欲しい」

と、十津川は、西本にいった。

翌日、西本は、日下《くさか》と一緒に聞き込みに廻ったが、戻ると、十津川に、

「宮田文子は、去年の十二月五日に、心臓発作で亡くなっています。もともと心臓に持病を持っていたようです」

と、報告した。

「その時、夫の宮田慶一は、どうしていたんだ?」

「彼は、宮田工業の副社長になっていました。社長は、妻の文子です。宮田はその時、九州に出張していました。これは間違いありません」

「心臓の持病があったとすれば、薬を飲んでいたわけだろう?」

「そうです。医者の処方した錠剤を、毎日、食後に飲んでいたようです」

「それに、逆に発作を起こすような薬を、仕込んだのかも知れないな」

「しかし宮田慶一は、医学的知識は、全くないそうですよ。もともとは、芸能界で、プロダクションの社長とか、マネージャーなんかを、やっていた男ですからね」

と、西本は、いった。

「芸能界にいた人間なのか？」

「芸能界でも、その裏側といった方がいいかも知れません。得体《えたい》の知れない人間がいる世界のようですからね」

「それかも知れないな」

と、十津川は、いった。

「どういうことですか？」

西本と日下が、首をかしげるようにして、十津川を見た。

「繋温泉で死んだ男と女さ。その世界で、宮田慶一と知り合ったのかもね」

「しかし、二人とも名前がわからないでしょう」

と、亀井が、いった。

「男の本名は、多分、浅井だ。年齢は四十二、三歳。女は、三十五、六だ。宮田が結婚前に知り合っていた男女の中で、これに合った奴を見つけ出してくれ」

と、十津川は、西本たちにいった。

S旅館の千代という仲居や、おかみさんに聞いた人相で、似顔絵を作ってきたから、それも西本たちに持たせた。

その日の中に、西本と日下が、ニコニコしながら戻って来た。

「どうやら、見つけたようだな？」

と、十津川がいうと、西本が、

「二人とも、わかりました。男の方ですが、名前は、警部のいわれた通り、浅井誠《まこと》。四十二歳です」

「宮田慶一とつながっていたか？」

「その通りです。彼が五年前、アスカカンパニイというインチキプロの社長をやっていた時、そこで働いていた男です」

「経歴もわかるか？」

「平凡な経歴ですが、興味があるのは、薬剤師の免許を持っていることです」

と、西本が、いった。

「そいつは面白いな」

「彼の家は、九州の八代《やつしろ》で薬局をやっているんですが、それで薬剤師の免許をとったんだと思います。ところが浅井は、一攫《いっかく》千金を夢みて、芸能界に入り、もちろんうまくいく筈がなくて、実家や親戚などから金を借りまくり、そのため、絶縁されている状態です」

「それで、死んだ時も、照会がなかったんだろうね」

「芸能界では、うまくいかなかったんですが、浅井を知る人間に聞くと、便利な男で、どこからか市販されてない薬を調達してくれるので、アメリカ製の抗ガン剤とか、睡眠薬を買って貰ったといっています」

「女の方は?」

と、十津川がきくと、今度は日下が、

「名前は細川《ほそかわ》ひろこ。三十五歳です。一時期有名な女性タレントのマネージャーをやっていましたが、そのタレントの名前を使って、サギを働いて、危く訴えられかけたことがあります。そのあと、宮田慶一のやっていたアスカカンパニイで働いていました」

と、いった。

「だから二人とも、宮田慶一と関係があったんだな」

と、十津川は、肯いた。

浅井が、心臓の動きを激しくする薬を手に入れ、それを宮田慶一が、妻の文子の常用している心臓薬の錠剤にすりかえて、入れておいたのではないか。飲む量を計算して、一粒だけ入れておき、その間、九州に出張している。出来ないことではないだろう。

また、下田で殺された宮田さなえが、車の中で飲んだという睡眠薬も、浅井が用意したものだという可能性が強い。

細川ひろこの役割はわからないが、宮田慶一の女だったのかも知れないし、宮田家に入った慶一と、浅井との連絡係をつとめていたのかも知れない。

「宮田慶一は、この二人にも、大金を払ったんでしょうね」

と、亀井が、いった。

「坂西に、五千万払ったとすればね」

「それで、この二人が、繋大橋に幽霊を見に行って死んだことは、どう説明がつきますか？」

「慶一は、この三人を使って、妻と娘を殺して、全財産を自分一人のものにした。だが、この三人は、彼にとってアキレス腱でもある。何かあれば、たちまち資産家の椅子から、殺人犯の位置に転がり落ちるんだ。だから、常にこの三人の動きを、注目していたと思うね」

と、十津川は、いった。

「そうでしょうね。特に坂西のことは、気になって仕方がなかったんじゃありませんか。浅井と細川ひろこは前からの知り合いですから、ある程度、気心は知れていますが、坂西は、さなえの恋人だというので、利用したわけですからね」

と、亀井は、いった。

「それに、遠い盛岡にいるからね。そんな時、四月の事件が起きた。二十五、六歳の若い女が、繋大橋から御所湖に落ちて水死したというニュースだよ。慶一は、彼女がお手伝いの本田亜木子と、すぐわかった筈だ。それに、何をしに盛岡へ行ったかも、ね。とすれば、殺したのは坂西に決っているとも思った筈だよ。幸い、天涯孤独の本田亜木子は身元不明ということで処理されてしまって、慶一はほっとしていたと思うね」

「そして九月になって、浅井が繋温泉に幽霊を見に行って水死してしまったのは、なぜですか？」

と、西本が、きいた。

「あくまで推理するより仕方がないんだがね。九月になって坂西は、また、金を要求してきたんじゃないだろうか。最近のゲームセンターというのは金がかかる。一台、一台のゲーム機がどんどん高価になっているからね。カメさんと一緒に見たあのゲームセンターにも、一千万近い機械が何台か置いてあったよ。乗ると宇宙遊泳の気分が楽しめる機械とかね。いくらでも金が必要だろう。だから、また、金を要求した。慶一はその金を浅井に持たせて、盛岡に行かせたのだ。坂西の預金口座に振り込んだのでは、証拠として残ってしまうからね」

「その受け渡し場所が、繋大橋だったわけですね」

と、日下が、いう。

「そうだよ。浅井は旅館の仲居やおかみさんには、幽霊を見にきた物好きと思わせたんだろうね」

と、十津川は、いう。

「しかし、その浅井が、なぜ、死んでしまったんでしょう？　そこがわかりません」

と、亀井が、いった。

11

「殺したのは、坂西だよ」

と、十津川は、いった。

「それが、わからないんです。わざわざ、金を持って来てくれた人間を、なぜ坂西は、水死に見せかけて、殺してしまったんでしょうか？」

と、亀井が、首をかしげた。

「最初、私は、こう考えたんだ。坂西は、慶一にとって、危険な存在だ。だから浅井に、彼を殺して来てくれと頼んだのではないかとね。金を渡して安心させておいて、殺して来てくれないかとだよ」

「殺そうとして、若い坂西に、逆に殺されてしまったということですか？」

と、西本が、きく。

「そう考えてみたんだ」

「当然、次の細川ひろこのケースも、同じように考えられますね」

「そうだ。だからこの推理には、自信がなくなった。男の浅井が、逆に殺されてしまったのに、女の細川ひろこに、坂西を殺して来いと、慶一が命じる筈がないと、考えたんだよ」

と、十津川は、いった。

「他に、どう考えられますか？」

「坂西が九月にまた、金を要求してきた時、慶一は、金はやるが、それにふさわしいことをやってくれと、いったんじゃないだろうかと、考えてみたんだよ」

と、十津川は、いった。

「浅井を殺すことですか？」

「そうさ。慶一にとって、坂西は危険な存在だが、浅井やひろこも、同じなんだ。だから、いつかこの三人も、消してしまおうと、慶一は思っていた筈だよ。坂西が金を要求してきたのをチャンスに、彼にまず浅井を殺させようと考えたのではないだろうか。もちろん、浅井には何もいわない。近頃、女の幽霊が出るという繋大橋で、坂西に金を渡してくれといって、札束を渡す。浅井は、呑気に、温泉にでもつかる気で、盛岡へ行ったと思うね」

「細川ひろこも、同じですか？」

「ああ、そうだ。そう考える方が、自然だと思ったんだよ」

と、十津川は、いった。

「すると、坂西は、三人の人間を宮田慶一に頼まれて、殺したことになりますね？」

と、日下が、きいた。

「そうだ。その代り、坂西は、大金を手に入れた筈だよ。一人五千万として、一億五千万だ」

と、十津川は、いった。

「ということは、慶一にとって、坂西は、ますます危険な存在になったということじゃありませんか？」

「だろうね」

「そうなると、この後、どういうことになるんですか？」

「もちろん最後に、宮田慶一は、坂西功を殺すつもりでいると思うよ。そうしなければ、安心して眠れないに違いないからね」

と、十津川は、いった。

「それも、このところ、余計安眠できなくなっているんじゃありませんか？　中川さんが事件の真相に迫ろうと、繋大橋に出かけていますからね。中川さんは、幽霊の代りに、繋大橋に坂西を呼び出したに違いないんです。そんなことを知れば、東京の宮田慶一は、ますます神経質になってしまうんじゃありませんか？　一刻も早く、坂西を消してしまわなければならないと。彼さえいなくなれば、ひとまず安心できますからね」

と、亀井は、いった。

十津川の表情が、険しくなった。

「すぐ、慶一が今、何処にいるか、調べて来てくれ」

と、十津川は、西本たちに命令した。

西本たちは、飛び出して行き、電話してきた。その声が、あわてていた。

「宮田慶一は、いません」

「いないって、どういうことなんだ？」

「自宅にも、会社にもいないんです。自分でベンツを運転して、何処かへ出かけたそうです」

と、西本は、いった。

十津川は、受話器を持ったまま、腕時計に眼をやった。

五時半になっている。

「私とカメさんは、これから盛岡に行く。携帯電話を持って行くから、このあと宮田慶一について何かわかったら、知らせてくれ」

と、十津川はいって電話を切り、亀井を促して、部屋を飛び出した。

タクシーを拾って、東京駅に向う。

「宮田慶一は、盛岡に行ったと思われるんですか？」

と、亀井が、きく。

「他に考えようがないよ」

「しかし、なぜ、車で行ったんでしょうか？　時間がかかって仕方がないでしょうに」

「理由は、わからないが、おかげでわれわれが追いつけるかも知れない」

と、十津川は、いった。

東京駅に着いたのが、十八時二十八分。一八時四八分発盛岡行のやまびこ21号に乗ることが出来た。

「これで、間に合うんでしょうか？」

亀井が、不安気に、きいた。

「正直にいってわからないが、彼は、繋大橋に坂西を呼び出して、殺そうと思っているんじゃないか。時刻は夜の十時。それなら、間に合うんだ。この列車の盛岡着が、九時三四分だからね」

と、十津川は、いった。

「坂西が、宮田慶一に呼び出されて、のこのこ繫大橋に出て行くでしょうか?」

と、亀井が、きく。

「出て行かないだろうね」

と、十津川は、笑ってから、

「ただ、いい方によっては、出て行く筈だよ。また一人、消して貰いたい人間がいる。報酬は前と同じ五千万。前と同じく、午後の十時に五千万持って繫大橋に行かせるといって、その人間の特徴をまことしやかに伝えるんだよ。これなら、前に二人殺して金を貰っているから、坂西は信用して、午後十時に繫大橋に出てくるんじゃないかね」

「なるほど。五千万に釣られて、出て来ますね。それに、坂西にしてみれば、そんなに難しい作業じゃない」

と、亀井も、肯いた。

列車が大宮に近づいたところで、十津川の携帯電話が鳴った。西本からの連絡だった。

「宮田慶一ですが、プロダクションをやっていた頃、芸能人たちの作っている射撃のクラブに入っていました。今も、射撃は趣味で、何丁も高価な銃を持っているそうです」

と、西本は、いった。

「ライフルか」

と、十津川は、唸《うな》った。

それで、車で盛岡へ行くことにしたのか。ライフルをケースに入れて持っていては、列車では目立つからだ。

「カメさん。ひょっとすると、われわれも、拳銃を使うことになるかも知れないよ」

と、十津川は、亀井に、いった。

定刻の二一時三四分に、列車が盛岡に着いた。

走って改札を出て、タクシーに乗り込む。風がないせいか、意外に寒くなかった。

繋大橋の手前で、亀井をおろし、十津川は、タクシーに乗ったまま、橋を渡ることにした。

橋の中ほどのところに、赤いスポーツカーがとまっているのが、眼に入った。

男が、一人乗っている。坂西に違いなかった。

タクシーで橋を渡り、少し過ぎたところで、十津川は車から降りた。

「何かあるんですか？」

と、運転手が、きいた。

「しばらく、橋には近づかない方がいい」

と、十津川は、余分に料金を渡して、運転手に、いった。

坂西が、橋の中央にいるのは、わかった。

だが、宮田慶一は、何処にいるのだろうか？

街灯に、腕時計をかざしてみる。

あと六分で、午後十時である。

宮田慶一が、何処にひそんでいるにせよ、坂西が車の中にいるのでは、狙撃できないだろう。

午後十時になって、坂西が、車の外に出たところで、射つつもりに違いない。

十津川は、身をひそませて、じっと橋の上を見すえた。

向う側からも、亀井が橋を見つめている筈だった。

今夜は少し暖かいせいか、橋の上は、かすかにもやがかかったように見える。

午後十時。

赤いスポーツカーから、男が降りて、腕時計を見ている。

十津川は必死になって宮田慶一を探す。

橋の袂のシオンの像のかげで、一瞬、何かが動いたように見えた。

十津川がいる場所からは、距離がある。

彼は、拳銃を抜き出し、走り出した。

ブロンズ像のかげに身体を伏せて、ライフルを構えている人間の姿が、スローモーションのように、のろのろとした感じで迫ってくる。

「宮田慶一！」

と、十津川は、走りながら、叫んだ。

その瞬間、ライフルの鈍い発射音が、夜の橋の上にひびいた。

だが、十津川の声で動揺したのか、弾丸は坂西にではなく、スポーツカーに命中して、フロントガラスが粉々に砕け散った。

ブロンズ像のかげにいた人間は、立ち上ると、手に持っていたライフルを、湖に投げ捨てて、逃げ出した。

十津川が、追う。

橋から離れた場所に、隠すようにとめてある車に、相手が近づいた時、十津川が追いついて飛びかかった。

二人の身体がもつれて、地面に転がった。

それでも、なお逃げようとする相手に向って、

「逃げれば、射つぞ！」

と、十津川は、怒鳴った。

相手の足が止まって、立ちすくむ。

亀井が、息を切らせながら、駈けつけてきた。

十津川は、相手に手錠をかけ、その場に座らせていた。

「やっぱり、宮田慶一ですか」

と、亀井は、相手の顔をのぞき込んだ。

「坂西の方は、どうしている？」

と、十津川は、亀井にきいた。

「スポーツカーに、手錠でつないでおきました。自分が殺されかけたと知って、青くなっていますよ。警部の考えられたように、坂西は、ハンターのつもりで、この繋大橋にやってきたのに、自分が獲物だったと知って、ショックを受けているようです。あの状況なら、いろいろと喋ってくれると思いますね」

と、亀井が、声を弾ませた。

「おれは、何も、喋らんぞ！」

と、手錠のまま、宮田慶一が叫んだ。

十津川は、笑って、

「何も喋らなくていいさ。その手を調べれば、硝煙《しょうえん》反応が出るし、湖から、君が捨てたライフルが見つかる。少くとも、殺人未遂は成立するんだ。それだけでも、君は、何人もの人間を殺して、やっと手に入れた莫大な財産を失うんだ」

と、いった。

その一言で、慶一は、黙ってしまった。よほど、財産を失うのが、怖いのだろう。

十津川は、言葉を続けて、

「もちろん、それだけですむことはないよ。君が、妻の文子を、心臓発作に見せかけて殺し、一人娘のさなえを心中に見せかけて、坂西に殺させたことも、証明してやる。そうなれば、財産を失うどころじゃない。まず、死刑に間違いないな」

と、いった。

12

宮田慶一と坂西功は、正式に逮捕された。

いくつもの殺人と、殺人教唆《きょうさ》の容疑でである。

二人とも、一部は認めたが、一部は否認していた。

それでも結局、全てを認めることになるだろうと、十津川は楽観していた。

二人が逮捕されると、さまざまな証言が集ってきていたからである。

死んだ浅井が、酔って、宮田慶一に頼まれて、心臓発作を起こすような薬と、睡眠薬を渡したと喋るのを聞いた友人。

慶一が、九月に二回、浅井と細川ひろこが死ぬ前日に、それぞれ五千万の現金を、銀行から運ばせていたという銀行側の証言。

四月十六日、九月十二日、九月二十三日、そして十月二十七日、のそれぞれ早朝、坂西がボンベを車に積み、出かけるのを、彼が経営するゲームセンターの店員が、目撃していた。

それぞれ、本田亜木子や、浅井、細川ひろこ、そして中川元刑事が、繋大橋から消えた翌朝である。恐らく坂西は、湖にもぐって、本田亜木子たちが死んでいるのを、確かめたのだろう。

中川が警視庁を辞めたあと、娘の夕香と喫茶店をやりながら、宮田慶一や坂西功のことをひそかに調べて、記入していたメモも見つかり、夕香の手から十津川に届けられた。

それを読むと、中川も、十津川たちと同じように推理し、十月二十五日に、坂西に会いに、繋温泉に出かけて行ったことがわかる。

宮田慶一と坂西功は、起訴された。

正月を迎えた時、十津川は、意外な人から年賀状を受け取った。

S旅館の千代という、あの仲居からだった。年賀ハガキに、細かい字で、次のように書いてあった。

〈新年おめでとうございます。

昨年はいろいろと、ご苦労様でございました。

事件が解決したので、幽霊の噂も消えるものと思っていたのですが、かえって話は大きくなり、女の幽霊の他に男の幽霊まで出るということになってしまいました。

これを呆れたらいいのか、宣伝になって喜ぶべきなのか思案しております。繋温泉にも雪が降りました。今度は、雪景色と温泉を楽しみに、亀井刑事さんとおいで下さいませ。

千代〉

快速列車「ムーンライト」の罠

1

新潟県の東三条《ひがしさんじょう》に近い弥彦《やひこ》神社は、漁の仕方と塩の作り方をつかさどるといわれる天香具山命《あまのかぐやまのみこと》を祭神としている。

標高六三八メートルの弥彦山の麓にあって、杉並木の美しさでも有名だった。

近くには、古くからある弥彦温泉、観音寺《かんのんじ》温泉、さらに足をのばせば、弥彦参りの宿場として栄えた岩室《いわむろ》温泉などがある。

弥彦山に登れば反対側に日本海が広がり、佐渡《さど》も間近に見ることができる。

十一月二十五日。

昨日の二十四日まで、弥彦神社で開かれていた菊まつりも終わって、いよいよ、この辺りも本格的な冬を迎えようとしていた。

十二月に入れば、早々に初雪に見舞われるだろう。

午前六時といっても、境内《けいだい》の鬱蒼《うっそう》とした杉木立ちの周囲はまだ暗い。

弥彦温泉「菊のや」旅館の主人原田《はらだ》は、毎朝、犬を連れて、弥彦神社の境内を散歩するのを日課にしていた。

原田は、犬好きで、シェパードを二頭飼っているのだが、毎日交代で散歩に連れていくのである。

今朝は気の荒い次郎《じろう》の番だった。次郎に引っ張られるようにして弥彦神社の境内を歩いていると、急に次郎が走り出した。

危うく転びかけた原田は、「こらッ」と怒鳴って次郎の後を追った。

前に一度、次郎が突然、通行人に噛《か》みついて負傷させたことがあったからである。

早朝に散歩する人が他にもいて、次郎が飛びかかっていったのかもしれない。

（そうだったら大変だ）

と、思ったのだが、次郎が飛び込んだのは薮《やぶ》の中だった。

次郎が、その薮の中でしきりに吠えている。

（何だろう？）

と、思って近づいた原田は、うす暗い杉木立ちの下の藪の中に、人間が倒れているのを発見した。

瞬間、原田が思ったのは、次郎がその人間に噛みついたのではないかということだった。

この寒い朝、人間がこんな場所に横たわっていること自体が不自然だったのだが、それより噛みついたかどうかが心配だったのは、前の事件が骨身にこたえていたからである。

ようやく、朝陽が杉木立ちの間から射し込んできて、倒れている人間を照らし出した。

四十歳くらいの男に見えた。

見えたというのは、俯《うつぶ》せに倒れていて、顔が見えなかったからである。

ズボンにセーター姿だが素足だった。

よく見ると、近くにサンダルが落ちていた。

そのサンダルを拾いあげてみると、「ホテル弥彦」と書いてあった。どうやら、弥彦温泉内の「ホテル弥彦」に泊まっている客らしい。

「お客さん」

と、呼んだ。

もう一度、呼んでから、原田は息を呑んだ。

その男の背中から腰部にかけて、明らかに血と思われる赤黒いものが染《し》み込んでいるのが、見えたからだった。

気がついてまわりを見れば、竹笹の葉にも同じような血痕が飛び散っている。

原田は急に怖くなって、あわてて周囲を見廻した。

誰かが、その辺に潜《ひそ》んでいるのではないかと思ったのだ。

しかし、他に人影はなかったし、次郎も吠えるのをやめてしまっている。

原田は、次郎を放り出して、社務所に向かって走った。

2

救急車とパトカーと、それに「ホテル弥彦」の従業員たちが、ほとんど一緒に駈けつけてきた。

静かな神社の境内が、急にやかましくなった。

男はすでに絶命していた。殺人事件ということで、新潟から県警の刑事や鑑識もやってきた。

殺されていたのは、やはり、「ホテル弥彦」に一昨日の十一月二十三日から泊まっている小室功《こむろいさお》という客だった。

宿泊カードに記入した住所は、新潟市内になっていた。

「一人で泊まっていたんですか?」

と、新潟県警の佐伯《さえき》という警部が、ホテルのフロント係にきいた。

「はい。お一人でお泊まりでしたが、ツインでした」

「それは、あとから誰か来るということだったんですかね?」

佐伯は、「ホテル弥彦」のフロントで、宿泊カードを見ながらきいた。

「さあ、お客様は、何ともおっしゃいませんでしたから」

「しかし、ツインでしょう?」

「ええ。お客様の中には、お一人でもシングルでは窮屈だからといって、わざとダブルやツインの部屋をご希望の方もありますので」

と、フロント係はいう。

「今朝は、この辺は寒かったでしょう?」

佐伯が聞くと、フロント係は、急に話題が変わったことに戸惑《とまど》いながら、

「はい、今朝は特に寒かったと思います」

「それなのに、あの客は、素足にホテルのサンダルという恰好で外出していますよ。なぜですかね？」

佐伯が聞くと、フロント係は、ちょっと考えてから、

「それは、多分、車を使われたからだと思いますね」

「車？　しかし、このホテルから現場まで、歩いても十二、三分しかかからんでしょう？」

「そうなんですが、あのお客様は、自家用車で来られましたから」

と、フロント係はいう。

「その車は、今どこにありますか？　現場周辺に、不審な車は停まっていませんでしたがねえ」

「調べてみます」

と、フロント係はいい、佐伯をホテル横の駐車場に連れていった。

「ありませんね。やはり乗っていかれたんです」

と、フロント係はいう。

「どんな車ですか？」

「白いソアラでしたね。新潟ナンバーでした」

と、フロント係はいった。

「何時ごろ出かけたかわかりますか？」

佐伯がきくと、フロント係は、他のルーム係などにも聞いてみてくれたが、結局わからなかった。

とにかく、弥彦神社の境内で、死体で発見されたのが午前六時だから、それより前にホテルを出たことは間違いない。

そんな早く、どこへ行ったのだろうか？　それに車はどうしたのか？

まず考えられるのは、被害者が、自分の車で犯人に会いに出かけ、そして殺されたということである。

車は犯人が乗っていったのか。

佐伯は、刑事二人を残し、周辺の聞き込みをやるようにいっておいて、新潟市内に戻った。

被害者小室功のことを調べるためだった。

小室が泊まっていた部屋には、背広やコートが置いてあって、ポケットには運転免許証が入っていた。

その免許証にあった住所は、宿泊カードのものと一致していた。

それによると、新潟市内のマンションになっている。

佐伯は、すぐ、パトカーで問題のマンションに出かけた。

新築七階建てのマンションの五階である。

管理人に聞くと、どうやら小室功は、東京から去年の十月に、こちらにやってきたらしい。

「新潟の支店に転出になって、来たんだといっていましたね」

と、管理人はいう。

とにかく、被害者の部屋を調べてみることにした。

緊急なときなので、佐伯はドアのカギをこわして、青木《あおき》刑事と一緒に部屋に入った。

ホテルの部屋にもキーはなかったし、被害者自身もキーホルダーは持っていなかった。おそらく、車で出かけたとき、キーホルダーも持っていったからだろう。

2DKの部屋だが、全体にがらんとした感じなのは、去年の十月に転居して、一年少しで、まだ調度品が揃っていないからだろう。

机の引出しやタンスの中などを調べていって、佐伯たちは、新しく刷った名刺の束を見つけ出した。

〈中央興業新潟営業所　副営業所長　　　小室　功〉

という名刺だった。

東京からこちらに移ってきてから作った名刺だろう。

中央興業といえば、レクリエーション関係の用具の販売や、ゴルフコースの運営などで有名な会社である。

佐伯は青木刑事を連れて、中央興業新潟営業所を訪ねることにした。

信濃《しなの》川にかかる万代橋《ばんだいばし》に近い場所に建つビルに、中央興業新潟営業所の看板がかかっていた。

所員四十名という営業所だった。

佐伯は、ここで所長の田沢《たざわ》という男に会った。

五十七、八歳の、叩きあげという感じの男だった。

佐伯が小室が殺されたことを告げると、田沢は青い顔になって、

「本当ですか？」

と、きき、佐伯が本当ですというと、

「そりゃあ大変だ。大変なことになった」

と、いって、小さく唸《うな》った。

「何が大変なんですか？」

「実は、この新潟営業所は、成績があがらなかったんですよ。それで本社から小室君が乗り込んできましてね。一年でどうにか立て直したんです。その小室君が亡くなったとなると、今後のことが心配ですからね」

と、田沢は青い顔でいう。

佐伯は、首をかしげて、

「しかし、所長のあなたがいるじゃありませんか」

「私は昔の人間で、新しい時代についていけんですわ。今の若い人が何を要求しているかわからんのですよ。小室君が来たので、来年あたり引退しようと思っていたんですがねえ」

「小室さんは、確か三十五歳でしたね？」

「そうです。若いだけに、今の時代の要求をよく知っていますよ」

「抵抗はありませんでしたか？」

「何がですか？」

「本社から若い社員が乗り込んできて、副営業所長に納まったことについてですよ」

と、佐伯がいうと、田沢は笑って、

「それは、ぜんぜん、ありませんでしたね。彼の才能は大したもので、完全に脱帽していますから」

と、いった。

「小室さんは、一昨日《おととい》から、弥彦温泉に行っていましたが、それは休暇をとってですか?」

「去年の十月に、小室君は、ここへ赴任《ふにん》してきたわけですが、それから一年間、彼はほとんど休暇をとらずに、立て直しに働き続けましたのでね。やっと、ここの営業成績も安定してきたから、このへんで休暇をとって、ゆっくり温泉にでも行ってきたらと、すすめたんですよ。それで一昨日から一週間、弥彦温泉や岩室温泉などで、骨休めをしてくるといっていたんですよ」

「小室さんですが、家族はいるんですか?」

「東京に奥さんと子供がいます」

「なぜ、新潟に一緒に来なかったんですか?」

「二人の子供がいて、学校があるので、いわば単身赴任でこちらへ来ていたんです。

子供は小学校の三年と一年と聞いています。本当に亡くなったとすると、家族が大変ですよ」

と、田沢はいった。

「小室さんに敵はいませんでしたか？　遣《や》り手だというと、敵も多かったんじゃないかと思いますがね」

「ライバル会社にしてみれば、手強《てごわ》い人間だったでしょうが、社内では人望もありましたよ」

「小室さんは、副所長として来たわけですね？」

「そうです」

「すると前の副所長の人は、どうなったんですか？」

佐伯は、意地の悪い質問をした。

田沢は、一瞬、当惑した表情になったが、

「今でも、うちにいますよ」

「平社員として？」

「まあ、そうです」

「その人にしてみれば小室さんは、面白くない存在だったでしょうね？」

「どうですかね。気持ちまではわかりませんが、彼はおとなしい男ですから、小室君を怨《うら》んだりは、していないはずですよ」

と、田沢はいった。

「彼の名前と住所を教えてくれませんか」

「疑うんですか？」

「少しでも動機がある人間については、調べる必要がありますのでね」

「名前は、宮川勇一郎《みやかわゆういちろう》です。住所は、四《よ》ツ屋《や》町のマンションになっています。彼には家族もありますから、調べるにしても穏やかに願いますよ」

「それは気をつけます」

と、佐伯は約束してから、

「小室さんは、なかなかハンサムだったから、女性にもてたんじゃありませんか？それに一応、新潟では独身だったわけですから」

「そうですねえ。もてる人だと思いますよ。ただ、こちらへ来てからは、仕事一途だったような気がしますね」

「お酒はどうだったんですか？」

「強い人でしたね」

「一緒に飲みに行ったことはありますか？」

「何度か行ったことがありますね。お得意様と一緒のときがほとんどでしたが、彼と二人だけで行ったこともあります」

「行きつけの店を教えてくれませんか」

「接待のときに使っているのは、古町通七番町の『黒い瞳《ひとみ》』というクラブです」

「二人だけのときは？」

「そんな高い店には行けませんからね。駅前の小さなバーに、行っていますよ。ホステスのいないカウンター・バーです」

と、田沢は笑った。

3

佐伯は、宮川という前の副所長を営業所近くの喫茶店に呼び出し、会ってみた。

年齢は四十二、三歳だろう。

佐伯が小室の殺されたことを話すと、宮川も戸惑いの色を見せた。

「信じられませんね」

と、宮川は小声でいい、盗み見るように佐伯を見た。自分の置かれた立場が、よくわかっているからだろう。

「これで、また副所長に戻れますね」

と、佐伯がいうと、宮川は眉をひそめて、

「そんなことはわかりませんよ。本社が決めることですから」

「小室さんが、弥彦温泉に行ってることは、知っていましたか？」

「ええ。しかし、僕だけじゃなく、営業所の人間は、みんな知っていましたよ。彼は仕事熱心で、何かあったら、弥彦温泉の『ホテル弥彦』に連絡してくれ、次の岩室温泉ではどこの旅館と、ちゃんといって行きましたからね」

「今朝早く、あなたは弥彦温泉に、いや、弥彦神社に行ったんじゃありませんか？」

佐伯はむき出しの感じの質問をした。案の定、宮川は顔色を変えて、

「それはどういう意味ですか？　僕が、小室さんを殺したというんですか？」

と、聞いた。

佐伯は、表情を変えずに、

「ただ、今朝早く弥彦神社に行ったかどうか、聞いただけですよ。行ってないのなら、そういってください」

「もちろん、行っていませんよ」

宮川は、怒ったような声でいった。

「証明できますか？」

「証明？」

「そうです。ここから弥彦神社まで、車で一時間半もあれば行けるでしょう。今日はウイークデイで、しかも午前六時前なら、道路はすいている。飛ばせば一時間で着くんじゃないかな。今日は何時に家を出られたんですか？」

「会社は九時に始まるから、八時半です」

「とすると、午前五時前に家を出て、弥彦神社で小室さんを殺し、戻ってきて出社するのは、楽にできますねえ。車は持っていますか？」

「持っていますが、僕は殺してなんかいませんよ。それに、家内や子供と一緒に、ちゃんと朝食をとっているんです。弥彦神社になんか、行っていませんよ」

「朝食は、何時にとったんですか？」

「たしか八時前後です」

「それなら、午前六時に弥彦神社で、小室さんを殺して、ゆっくり車で帰ってこられますね」

「まだ、そんなことをいってるんですか？　僕が殺したという証拠でもあるんですか！」

宮川は腹立たしげに、佐伯を睨んだ。

だが、佐伯は、冷たく見返しただけである。

（とにかく、この男には動機もあるし、犯行の可能性もあるのだ）

と、佐伯は自分の頭に記憶させた。もちろん、宮川を犯人と断定はしないのだが。

4

夜になってから佐伯は、小室が接待用に使っていた古町通七番町のクラブ『黒い瞳』に行ってみた。

小室は、長身でハンサムである。それに、妻子は東京に置いて単身赴任してきている。若くもある。となれば、こちらで親しい女ができていたとしても、おかしくはないだろう。

佐伯は、クラブでまずママに話を聞いた。

すでに、新聞やテレビで、事件のことは報道されているので、ママは佐伯が警察手

帳を見せたとたんに、

「小室さんのことでいらっしゃったんでしょう？　あの方が殺されたなんて、信じられませんわ」

と、先廻りするいい方をした。

「ここにはよく来たそうですね？」

佐伯は、店内を見廻した。田沢営業所長のいったように、広い店内には、いかにも会社の幹部とか、景気のいい中小企業の主人といった顔の客が多かった。

「ええ。よく利用していただきましたわ」

「小室さんは若いし、ハンサムだから、よくもてたと思うんですがね」

「そりゃあ、うちの女の子たちに人気がありましたよ」

「特定の女性は、いませんでしたか？」

と、佐伯がきくと、ママは急に用心深くなって、

「さあ、それはどうでしょうか」

「小室さんが、よく指名していたホステスを呼んでくれませんかね」

と、佐伯はいった。

ママは少し考えてから、ヒロミという二十七、八歳のホステスを呼んでくれた。

背の高い、ちょっとスペイン系を思わせる感じの女だった。

髪を長くしている。こういうのが小室の好みだったのだろうかと思いながら、佐伯は、

「小室さんとは親しかったの?」

と、きいた。

ヒロミは、大きな眼でじっと佐伯を見てから、

「特別に親しくしてたってことはないわ。何回か誘われたことはあったけど」

「それで応じたのかね?」

「そりゃあ、いいお客さんだから、二回ぐらい一緒にホテルに行ったかしら」

ヒロミは、あっけらかんとしていった。

「君のほかに、小室さんと親しくしていた女性を知らないかね?」

「ここにはいないわ」

「ここというと、この店のことかね?」

「そうよ」

「それはどういうことなのかね? 君は小室さんの彼女を知っていたということなの?」

と、佐伯はきいた。

ヒロミはニッと笑って、

「知ってるわ」

「なぜ知ってるのかね？」

「会ったことがあるからよ。小室さんからも聞いてたわ」

「それは東京の女性？」

「本当のことを話していいのかしら？」

「本当のことを話してくれないと困るんだよ」

と、佐伯はいった。

「でも、奥さんが驚くわよ。それとも、奥さんは知ってたのかな」

「とにかく話してくれないか」

「名前はかおりといってたわ。姓のほうは知らないのよ。小室さんが東京にいたときからの関係らしいわ」

と、ヒロミがいった。

「すると東京の女かね？」

「そうよ。小室さんが新潟へ単身赴任で来たんで、大っぴらに会えるといって、ときどき来てたみたい。上越新幹線を使えば、二時間で来られるんでしょう。日帰りで会いに来てたこともあるみたいだわ」

「それ、間違いないんだね？」

「彼女を見たんだから、間違いないわ」

と、ヒロミはいってから、急に雄弁になって、

「前から、マンションに遊びに来ないかって、小室さんに誘われてたのよ。それで、今年の三月ごろだったかな。日曜日、お店が休みだから、突然訪ねてみたのよ。そしたら彼女とばったり」

「それが、かおりという東京の女だったんだね？」

「そのあと、小室さんが店に来たとき、とっちめてやったのよ。そしたらベラベラ喋ってくれたわけ。家内に内緒で、東京にいたときから付き合っていた女だというのよ。新潟へ来て、かえって会いやすくなったともいってたわ。男ってしようがないなって、思ったわ。奥さんは、きっと新潟の女を心配してると思うけど、意外や、東京の女がってわけね」

「年齢はいくつぐらいで、何をしている女なのかな？」

「二十五、六じゃないかな。はっきりしたことはいわなかったけど、前は同じ会社で

働いていたＯＬじゃないかと思うの。そんな感じのことを、小室さんはいってたわ。今は違うみたいだけど」

「顔立ちや外見は？」

「男好きがするっていうのかな。タレントのＫみたいな感じだったわ。背は一六〇センチくらいかな。若いのに色気を感じる女ね」

「君は、言葉を交わしたの？」

「ちょっとだけね。声は甘い感じだったわ。小室さんに対してべたべたしてたけど、あれは、あたしに対しての当てつけだったかもしれないわ」

「小室さんは、彼女のことをどう思っていたのかね？　本気で好きだったのかね？」

「遊びの相手としては楽しいといってたわ。でも、そんなに男に都合よくばかりは、いかないと思うわね」

「それはなぜだね？」

「彼女、結婚を望んでるもの」

「彼女が、そういったのかね？」

「眼を見ればわかるわ」

と、ヒロミはいった。

その言葉が当たっているかどうか、佐伯には判断がつかなかったが、もしヒロミのいうとおりなら、そのへんに今度の事件の動機があることも考えられるのだ。

佐伯は、手帳に二人の名前を書いた。

宮川勇一郎とかおりである。

そのあとで、もう一人の名前も書き加えた。

小室功の妻である。彼女が、夫とかおりのことを知って、嫉妬から新潟にやってきて夫を詰問《きつもん》し、その揚句《あげく》、刺殺したことも考えられるからである。

翌日になって、二つのことが新しくわかった。

第一は、被害者の解剖の結果である。

死因は、やはり背中を刺されたことによる出血死だった。刺傷は三つだった。

死亡推定時刻は、十一月二十五日の午前五時から六時の間ということだった。

(まだ、真っ暗なときに殺されたのか)

というのが佐伯の感想だった。

第二は、被害者の車が新潟市内で発見されたことである。

小室の白いソアラは、市内の信濃川の川岸で発見された。

彼が働いていた営業所の近くで、歩いて二十分ほどの場所である。

それに、付け加える感じでわかったことがある。

この真新しいソアラは、ソアラの中でも最高級のクラスで、五百万円ぐらいするものだということだった。

販売したトヨタの販売店に聞くと、一括払いで、しかも現金払いだったという。

そこで、佐伯は改めて、小室の上司である田沢に会って、話を聞いた。

「ああ、それなら簡単ですよ、小室君の家は大変な資産家なんです」

と、田沢は羨《うらや》ましそうにいった。

「それで、五百万の車も簡単に買えたということですか?」

「そうですよ。辞めても、悠々とやっていけたはずですよ。もっとも、死んでしまっては、どうしようもないでしょうがね」

と、田沢はいった。

発見されたソアラの車内は、鑑識が綿密に調べたが、ハンドルなどから犯人のものと思われる指紋は検出されなかった。

おそらく、犯人は手袋をはめて、被害者の車を運転して、弥彦から新潟市内へ逃げたのだろう。

佐伯は、東京の警視庁に、「かおり」という女性と小室の妻について調べてくれるように頼んでから、今度の事件を頭の中で組み立ててみた。

被害者の小室は一週間の休みをとり、十一月二十三日、弥彦温泉へやってきて、「ホテル弥彦」に泊まった。

一人でツインの部屋をとったのは、多分、途中で誰かが、彼に会いにやってくることになっていたのだろう。

十一月二十五日の早朝、小室は車でホテルを出た。

デイトの相手を迎えに行ったのだと、佐伯は考えた。

デイトの相手、つまり犯人をである。

何時に小室がホテルを出たかはわからない。

二十四日の夕食を六時半ごろに食べたことは、ルーム係が証言した。二十五日の早朝に、車でホテルを出たと、佐伯は考えたのだが、あるいは二十四日の夜に、ホテルを出たのかもしれないのだ。

いずれにしろ、二十五日の午前五時から六時までの間に、小室は弥彦神社の境内で殺された。

他の場所で殺されて運ばれた形跡はないから、犯人と被害者は車で近くまで来て、降りてから境内に入り、そこで犯人は背中を三回も刺して殺したのだ。

温泉ホテルで会うことになっていた相手ということで、常識的には、相手は女と思えるが、しかし、男の宮川も除外できないと佐伯は思っていた。急に仕事のことで連絡したいといえば、仕事熱心な小室は、宮川に会いに、車で新潟市内にでもやってくるだろうからである。

5

東京の警視庁捜査一課では、新潟県警からの捜査協力要請を受けて、「かおり」という女性を探すことになった。

「小室功の奥さんのことも調べてくれといってきているが、彼女は今日、夫の遺体を引き取りに行っているから、まず『かおり』のほうだけでいいだろう」

と、十津川警部は亀井にいった。

亀井は、若い日下刑事を連れて、中央興業本社へ出かけていった。

かおりが、同じ中央興業に勤めるＯＬだったらしいという証言があったからである。

亀井は本社で、ここ何年間かの全社員の職員録を見せてもらった。

その中に「――かおり」の名前を探した。

二年前の職員録に「辻《つじ》かおり」の名前が見つかった。

翌年の職員録にはのっていないから、その間に退職したのだろう。

亀井たちは、彼女が所属していた総務課の課長に、彼女のことを聞いてみた。

人の好さそうな課長は、彼女が辞めたのは一身上のことで、小室とは何の関係もないと主張したが、あまりにも強く否定するのが、かえって二人の関係を肯定する感じになっていた。

亀井は、微笑して、「そうですか」といい、彼女の現在の住所がわからないかといった。

「新宿で小さなブティックをやっていると聞いたことがありますよ」

と、課長はいった。

彼女と同期で入社したという女子社員に聞くと、こちらはもっと直截《ちょくせつ》で、

「小室さんと彼女との仲は、みんな知っていたわ」

と、いった。

それが、あまり噂になってしまったので、彼女が辞めたのだという。

「退職金と、小室さんに出してもらったお金とで、新宿に『KAORI』というブティックをやってるわ」

「彼女はどんな女性かな？」

と、亀井がきくと、その女子社員は笑って、

「美人だけど、性格はきついわよ。小室さんも、最初は、浮気の相手として恰好の女だと思っていたんでしょうけど、最近は持て余していたんじゃないかしら」

「小室さんの奥さんは、二人の関係を知っていたんだろうか？」

「そりゃあ知っていたわ」

「なぜわかるのかね？　奥さんと彼女がケンカしているところを見たのかね？」

亀井がきいた。

相手は肩をすくめて、

「彼女があたしにいったことがあるの。小室の奥さんに電話してやったって。そういう気の強いところがある人なのよ」

と、いった。

亀井は、「ふーん」と感心するだけである。

亀井の知っている不倫の女というのは、なるべく男の奥さんには知られまいとするものだが、最近の女は違うのか。

亀井は、新宿西口のビルの中にあるブティック「ＫＡＯＲＩ」に行ってみた。

店は閉まっていたが、中をのぞくと女が一人、奥にいるのが見えた。

亀井がガラス戸をノックすると、彼女は疲れた表情で立ち上がって歩いてくると、ガラス戸を小さく開けて、

「今日は休みなんですけど」

「小室さんのことで来たんですよ」

と、亀井はいい、相手に警察手帳を見せた。

辻かおりは予期していたらしく、べつに驚きもせず、亀井と日下を店へ入れてくれた。

若い日下は、店の中に飾られた華やかなドレスに、眼を奪われている。

亀井は、テーブルの上に置かれた新聞をちらりと見てから、

「小室さんが新潟で殺されたことは、ご存じですね？」

と、きいた。

かおりは、小さな溜息をついてから、

「知っていますわ」

「殺されたのは、昨日二十五日の午前五時から六時までの間なんです。その時刻に、どこにいたか教えてくれませんか？」

「そんな早い時間は、いつもマンションで寝ているわ。マンションは小田急線の成城《せいじょう》にありますけど」

と、かおりはいった。

「前日の二十四日はどうしていました？」

「二十四日？」

と、かおりは聞き返してから、

「なぜ二十四日のことなど聞くんですか？　彼が殺されたのは二十五日の朝なんでしょう？」

と、怒ったような声で聞いた。

「そうですがね。東京の人間が新潟まで行って、小室さんを殺すとなると、前日の二十四日の夜、東京を出発しなければなりませんからね」

「あたしを犯人だと思っているんですか？」

「動機はあるんじゃありませんか？　とにかく小室さんと関係のあった人間には、全部聞くことにしているんです」

「じゃあ、奥さんにも聞くんでしょうね？」

「もちろん」

と、亀井は肯いた。

てっきり、かおりは、小室の妻が犯人だというのだろうと思ったのだが、続いてかおりの口から出た言葉は意外なことだった。

「奥さんのことも、一緒に証言してさしあげるわ」

「どういうことですか?」

「二十四日の夜、小室の奥さんが突然、店へやってきたの」

と、かおりはいう。

「本当ですか?」

「そんなことで、嘘をついても仕方がありませんわ」

「何時ごろ来たんですか?」

「夜の十時になったんで、店を閉めようと思っていたら、奥さんが突然、顔を出したんですよ。びっくりしましたわ」

「奥さんは、何の用で来たんですか?」

と、亀井がきくと、かおりは顔をゆがめて、

「そんなこと決まっているじゃありませんか。あたしに対する嫌がらせですわ。小室があなたを持て余しているから、早く別れなさいとかね」

「あなたは、奥さんにどういったんですか？」

「負けずにいってやったわ。夫婦仲が冷えきっているのに別れないのは、財産のためでしょうとか、彼が新潟に行ってから、もう何回、会いに行ったとかね」

「それで、奥さんは、何時ごろ帰ったんですか？」

「三十分ぐらい、いたと思いますわ」

「すると、奥さんは、十時三十分に帰ったわけですね？」

「ええ」

「あなたは？」

「それから店を閉めて、まっすぐ成城のマンションに帰りましたわ」

「証明する人はいますか？」

「今日は休んでいますけど、うちで働いてもらっている女の子がいるんです。小林《こばやし》ゆう子という子ですけど、彼女に聞いてもらえば、わかりますわ」

かおりは、その女の子の電話番号を教えてくれた。

亀井は、外に出て、公衆電話からかけてみた。

「二十四日の夜ですかァ」

と、小林ゆう子は電話口で大きな声を出してから、

「あの夜は大変だったんです」

と、楽しそうにいった。

「なぜ大変だったのかね？」

「ママには小室さんという彼がいるんだけど、その奥さんが乗り込んできたの。女同士の陰《いん》にこもった悪口のいい合いって、すごかったわ」

「その奥さんは、何時ごろ来たのかね？」

「うちのお店は午後十時に閉めるんです。閉めようとしていたら来たんですヨ」

「それで、帰ったのは？」

「ママは早く追い出そうとしてたけど、三十分は粘《ねば》っていたわ。だから十時半ごろだった」

「そのあと、君やかおりさんも帰ったんだね？」

「ええ」

と、相手は答えた。嘘をついているようには思えなかった。

6

亀井は、十津川に電話をかけた。

「二十四日の夜十時に、辻かおりと小室の奥さん、小室京子《きょうこ》が会ったことは、間違いないと思います。問題はそのあとで新潟に行き、弥彦神社で小室が殺せるかということです」

「その時刻だと、上越新幹線はもうないね」

「新潟まで行くのは、たしか最終が九時何分かだったと思います」

「とすると、在来線に乗っていったんだろうね」

「これから上野へ行って調べてきましょう」

と、亀井はいった。

日下を連れて、山手線で上野へ廻った。

東北に生まれて、二十数年前に列車で上京した亀井は、いつも上野駅に行くと、自然に、到着する列車や乗客に、郷里の匂いを嗅ぐような気分になってしまう。それは新幹線が通るようになっても、変わらなかった。

「いいかね。新宿から上野まで切符を買ったり、改札を通ったりする時間を入れると、三十分は必要だと思う。だから辻かおりが上野に着いたのは、午後十一時と考えていいだろう」

と、亀井は日下にいった。

「つまり、午後十一時、二三時以降に出る新潟行きの列車があるかどうかを調べればいいんですね」

「弥彦神社に近いのは信越本線の東三条だから、そこで停まる列車ならいちばんいいんだよ」

と、亀井はいった。

上野駅に着くと、改札口の近くにかかっている時刻表を見あげた。

「ありますよ」

と、日下が、眼を光らせていった。

「二三時〇三分の寝台特急『出羽《でわ》』と、二三時一二分発の急行『天《あま》の川《がわ》』の二本がありますよ」

「これには乗れるねえ」

と、亀井も肯いた。

助役をつかまえ、亀井は、向こうに着く時刻を聞いてみた。

「この二本の列車が、東三条か新潟に着く時間を知りたいんですが」

というと、助役は、

「寝台特急『出羽』のほうは、駄目ですね」

「駄目？」

「この列車は明日の午前一時二一分に水上《みなかみ》を出てから、四時三三分に村上《むらかみ》に着くまで停車しません。東三条は通過ですし、新潟には寄りません」

「急行『天の川』のほうはどうですか？」

「こちらは大丈夫ですよ。翌日の午前四時〇六分に東三条に着き、新潟着は四時四五分です」

と、助役は教えてくれた。

亀井は、ほっとした。この列車に乗れば、ゆっくり、弥彦神社で午前五時から六時の間に、小室を殺せるだろう。

だが、亀井は、念を入れて、助役に、

「十一月二十四日に出た『天の川』は、事故で延着ということはなかったでしょうね？」

と、きいた。

「十一月二十四日ですか？」

「そうです」

「二十四日は駄目ですね」

「駄目ってどういうことですか？」

「この列車は臨時列車なんです。十一月は二十一日から二十三日の三日間しか動きませんし、あとは十二月二十六日以降になってしまいます。二十四日には動かないんです」

「午後十一時以降、この上野から新潟に行く列車はありませんか？」

「ありませんね」

と、助役はいった。

亀井と日下は、警視庁に戻って、十津川に報告した。

「すると、辻かおりはシロか」

と、十津川はいった。

「彼女がシロとなると、自動的に小室京子もシロになってしまいます」

亀井が憮然《ぶぜん》とした顔でいった。

「二人がしめし合わせて、嘘をついているということはないのかね？　二十四日には、もっと早くかおりが店を閉めているとか、小室京子は、午後十一時にはもう列車に乗っていたとか」

十津川がきいた。

「それはないようです。店の女の子の証言は信用おけますし、同じビルでクラブをやっている人間にも聞いてみたんですが、二十四日の夜は、『ＫＡＯＲＩ』は、十時半ごろまでやっていて、かおりともう一人女性がいたと証言しているんです」

と、亀井はいった。

「すると、犯人は、新潟の人間ということになるのかね。向こうの県警でも一人マークしているといっていたが」

と、十津川はいった。

十津川はすぐ、新潟県警の佐伯警部に電話を入れた。

まず辻かおりのことを話した。

「小室の奥さんは、そちらへ行っているんでしょう？」

「ええ。来ています。明日、こちらで遺体を荼毘《だび》に付して、遺骨を持ち帰ることになっています」

と、佐伯はいってから、

「どうも、こちらの営業所の中に、犯人がいる確率が高くなってきました」

「小室が来たために、副所長の椅子を追われた男ですか？」

「そうです。宮川という男ですが、彼をもう一度、調べてみるつもりです」

と、佐伯はいった。

十津川は、亀井たちに、タクシーを洗ってみてくれるように頼んだ。

列車と飛行機が使用できないとなれば、残るのはタクシーである。

もし、辻かおりか小室京子が、タクシーを使って弥彦へ行ったのだとすると、案外、簡単にその運転手は見つかると、十津川は考えていた。

新宿から新潟までの長距離を走っているからである。

タクシーの運転手は、よく情報交換をするから、そんな客のことはすぐ噂になるはずだった。

それに、二人ともなかなかの美人である。

二十四日の深夜、美人が一人で新宿から新潟までタクシーを飛ばしたとなれば、噂になっていないほうがおかしいのだ。

亀井は、西本と日下の二人の刑事を連れて、新宿周辺のタクシー運転手に片っ端から当たってみた。

　しかし、二十四日の夜、辻かおりか小室京子と思われる女を新潟まで乗せたというタクシーの運転手は、見つからなかった。どの運転手も、そんな客の話は聞いていないということだった。

「これで、二人は完全なシロか」

　と、十津川はいった。

「そうですね。二十四日の夜、たまたま新潟のタクシーが新宿に来ていて、それに乗ったということは、考えられませんからね」

　と、亀井もいった。

　二十七日の午後、十津川はもう一度、新潟の佐伯に電話をかけた。

　辻かおりと小室京子の二人が、タクシーで新潟に行った気配はないと伝えると、佐伯は、妙に元気のない声で、

「そうですか――」

「どうしたんですか？　これで宮川という営業所員がクロの可能性が、強くなったと思いますが」

「それなんですが」

と、佐伯は相変わらず元気のない声で、

「宮川はシロでした。二十四日の夜から二十五日の朝にかけて、女のところに泊まっていたことがわかったんですよ」

「浮気ですか？」

「そうなんです。奥さんには嘘をついて女のところに泊まっていたわけです。裏もとれました。シロですね」

「すると、やはり辻かおりか小室京子のどちらかが、犯人ですかねえ」

「しかし、アリバイは完全なんでしょう？」

「そうなんですがねえ。小室京子は、もう帰京したんですね？」

「ええ。遺骨を持って帰京しました」

「彼女の印象はどうですか？　そんな女に見えました？」

と、十津川はきいた。

辻かおりと小室京子の写真は、入手している。

辻かおりが、いかにも男好きのする顔立ちなのに比べて、小室京子のほうは、どこか理知的で冷たい感じがするのだが、実際はどうかはわからない。

「そうですねえ。気丈な女性に見えましたね。子供が二人もいるわけですから、当然かもしれませんが」

と、佐伯はいった。

「気丈ですか」

「そう思いましたね。犯人を早く捕えてくださいといわれましたよ」

「何か犯人逮捕の参考になるようなことを、彼女から聞くことができましたか？」

と、十津川はきいた。

「それが、まったく心当たりがないということでしてね」

「ご主人に女がいたことはどうです？　辻かおりという名前をいいましたか？」

「いや、主人も男ですから、好きな女性が一人ぐらいいても仕方がありませんとはいっていましたが、女の名前は知らないといっていましたね」

「こちらの調べでは知っていたはずだし、第一、昨日もいったように、辻かおりの店に乗り込んでいるんです」

「そうですね。もし彼女が犯人だとすると、この嘘はマークしなければなりませんが、アリバイがあるとすると、別に重視する必要はなくなりますね」

と、佐伯はいった。

たしかに彼のいうとおりだと、十津川も思った。

確固としたアリバイがある以上、彼女が夫の女性関係で嘘をついたとしても、無視していいだろう。

「これから新潟の営業所の全員を、もう一度、洗ってみますが、あまり期待は持てません」

と、佐伯は元気のない声でいった。

「宮川という男以外に容疑者らしい人物はいませんか?」

「いませんね。こちらでの女性関係は、殺人に発展するほど強いものではなかったようですし、参りました」

「私のほうでも、もう一度、二人の女性を調べてみますよ」

と、十津川はいった。

7

十津川は、改めて小室京子と辻かおりのことを調べてみることにした。

「完全なアリバイがあるのに犯人だとすると、あの二人がしめし合わせて、アリバイを作ったことになりませんか」

と、亀井がいった。

「本妻と二号がかい？」

「利害が一致すればやりかねませんよ」

「どんなふうに、利害が一致した場合かね？」

十津川が興味を感じて、亀井にきいた。

「殺された小室が、奥さんにもあきたし、辻かおりも持て余してきた。三人めの女を作っていたというケースです。小室京子も辻かおりも、小室を憎んでいたとすると、二人が芝居でアリバイを作ったことも考えられますよ」

「そして、二人のどちらかが、小室を殺したか？」

「そうです。例えば妻の京子が殺して、辻かおりに礼金を払ったということも考えられますよ。礼金というか口止め料というか」

「しかし、第三者が、二十四日の午後十時半ごろまであの店が開いていたことや、辻かおりともう一人の女がいたと証言しているんだろう？」

「そうですが、そのもう一人の女というのが、小室京子だという確証はないんです。よく似た女だったとすると、京子は、もっと早い時間に上越新幹線に乗って、新潟に向かっていたかもしれません」

「別の女ねえ」

「可能性はありますよ。辻かおりさえ協力してくれればいいんですから」

と、亀井がいった。

「もし、その場合でも、辻かおりは、新潟にも東三条にも行けないわけだから、犯人は小室京子ということになるね」

十津川は、確認するようにいった。

翌日、佐伯から電話があった。

「営業所の人間を全部、調べてみましたが、全員シロでした。もう一つ、新しくわかったことがあります」

「何ですか？　それは」

「殺される前日の二十四日の夜七時ごろと、当日の二十五日の午前一時ごろの二回、外からホテルの被害者に、電話がかかっていたことがわかりました」

「男ですか？　それとも女？」

「どちらも女の声だったそうです」

「同じ女ですか？」

「それはわかりませんが、小室の奥さんか、辻かおりが怪しいと思うんですが、もう一度、二人を調べてもらえませんか」

と、佐伯はいった。

「わかりました。こちらでも、ひょっとすると、作られたアリバイではないかという疑いを持ち始めているんです。もう一度、調べてみましょう」

と、十津川は約束した。

十津川と亀井は、アリバイの証言者である同じビルのクラブ「サファイア」のマネージャーに会った。

「二十四日の夜、ブティック『ＫＡＯＲＩ』で、辻かおりともう一人の女を見たそうですね？」

と、十津川はきいた。

「見ましたよ。十時過ぎにね」

と、三十代のマネージャーははっきりといった。

「一人は、店の主人の辻かおりだったんですね？」

「そうです。顔見知りですから間違いませんよ」

「もう一人の女性ですが、この中にいますか？」

十津川は、五人の女の写真を相手に見せた。その中に、小室京子の写真も混ぜてある。

マネージャーは、迷わずに京子の写真をつまみあげた。

「この女ですよ。背の高さは一六〇センチくらいでしたかね。ちょっときつい感じだが、いい女でしたね」

と、彼はいった。

8

「参ったね」

と、十津川が亀井にいった。

「どうしますか？　これで辻かおりと小室京子の線は消えたと思いますが」

「彼女と会ってみよう」

と、十津川はいった。

「彼女って、どっちですか？」

「小室京子だよ。十一月二十四日の夜、なぜ辻かおりの店へ行ったのか、それを聞いてみたいんだ。何しろ、その翌朝、小室功が弥彦神社で殺されているんだからね」

「作為があるとお考えですか？」

と、亀井がきく。

「犯人は女なんだ。二十四日の夜七時ごろと二十五日の午前一時ごろの二回、弥彦温泉にいた小室に、女の声で電話がかかっている。おそらく犯人だ。二十五日の朝、どこそこまで車で迎えに来てくれといったんだと思う。そして小室を殺したあと、彼の車で新潟市内へ行き、新幹線で東京に帰ったんだと思うね」

と、十津川はいった。

「そのストーリイには賛成ですが、果たして、彼女がそのとおりに動いたかどうかですが」

と、亀井がいった。

二人は田園調布《でんえんちょうふ》にある小室邸へ出かけた。

殺された小室が、資産家の生まれだったというだけに大きな家だった。

「この邸も殺人の動機にはなりますね」

と、亀井が小声でいった。

「別れるより、旦那を殺して、全財産を自分のものにするか」

「そうです」

と、亀井がいった。

小室京子は、在宅していた。

庭の見える居間に通された。広い庭に水銀灯が輝いている。

それを見ながら、京子は十津川たちに、

「お見えになると思っていましたわ」

と、いった。

「なぜです？」

「私を疑っていらっしゃるんでしょう？　主人の浮気にかッとした私が、夫を殺したんじゃないかとですわ」

京子は、落ち着いた声でいった。

「そうなんですか？」

と、十津川はきいた。

「違いますわ。殺したいと思ったことはありますけど」

「二十四日の夜、あなたは、新宿の辻かおりのブティックに行きましたね？」

「ええ」

「何をしに行ったんですか？」

「恥ずかしいんですけど、かッとしてしまって」

「辻かおりに対してですか？」

「ええ」

「しかし、なぜ、あの夜に行ったんですか？」

「彼女から電話があったんです」

「彼女から？」

「ええ。まるで私に宣言するみたいに、今夜、新潟へ行って、小室に会うことになっているっていったんです」

「それでかッとしてしまった？」

「ええ」

「ブティックへ行って、彼女に何といったんですか？」

「小室はあなたを持て余して別れたがっている。今日、向こうへ行けば、小室が別れたいというはずだ。それを知らずに、のこのこ出かけていくのって、いってやりましたわ」

「それは本当なんですか？」

「小室が、ある女にまといつかれて困っているといっていたのは本当ですわ」

わ」

「辻かおりは怒りましたか？」

「ええ、顔色を変えて怒りましたわ」

「そのあと、どうしたんですか？」

「彼女が怒って、帰ってくれというので、あのお店を出ました。私も気持ちが高ぶっていたので、気持ちを落ち着かせようとして、駅に向かってゆっくり歩いていったんです。そうしたら、彼女がすごい勢いで走っていくのを見ました。駅に向かってですわ」

と、京子はいう。

十津川と亀井は顔を見合わせてから、

「駅に向かって駈けていったんですか？」

「ええ」

「そのときは十一時に近かったんでしょう？」

「ええ」

「駅に何しに行ったんでしょう？　上野へ行っても、もう新潟へ行く列車はないはずなんだが」

「私も、どこへ行くのだろうかと思って、悪いと思いましたが、あとを追《っ》けてみましたわ。そうしたら、彼女はＪＲの窓口で東三条までの切符を買って、改札に入っていきましたわ」

「ちょっと待ってください」

と、十津川は京子を制して、

「新潟、東三条へ行くのは、上野からじゃないんですか？」

「私もずっと、そう思っていたんですけど、最近、新宿からも夜行列車が一本だけ出ているんです。彼女は、それに乗って二十四日の夜、東三条に行ったんだと思いますわ。私はホームまでは追《つ》けていきませんでしたけど」

と、京子はいった。

（本当だろうか？）

十津川はまだ半信半疑だった。

新潟行きの上越新幹線や新潟方面へ行く夜行列車は、すべて上野から出ている。

新宿から新潟方面へ行く列車があったというのは、初耳だった。

「何時発の何という列車ですか？」

と、十津川はきいてみた。

「たしか、午後十一時ジャストに出る列車ですわ。列車の名前は『ムーンライト』だったと思いますけど」

「あなたも、その列車に乗ったんじゃありませんか？」

亀井がきくと、京子はきっぱりと、

「いいえ。私は乗りません」

「それを証明できますか？」

「証明？　改札の駅員さんに『ムーンライト』のことをいろいろと聞いたんですけど、それが証明になりますかしら？　若くて背の高い駅員の方でしたわ」

と、京子はいった。

9

ともかく、新宿駅へ行ってみることにした。そんな列車があるのかどうか、確認することから始めなければならないし、実際に混み具合なども知りたかった。

午後十時半に辻かおりのブティックの前に行き、そこからＪＲの新宿駅に向かって走ることにした。

十二分で新宿駅に着いた。時刻表を見ると、なるほど、二三時〇〇分快速「ムーンライト」とある。行き先は村上である。

「新宿から新潟へ行く列車が出ていたなんて知りませんでしたね」

亀井は興奮した口調でいう。

二人は入場券を買って改札口を通った。

新宿駅は新潟方面へ行く線はないはずだから、どのホームに入るのかと思ったが、問題の列車は中央本線の列車が発着する4番線に入っていた。

三両編成で全席指定である。

うすいグリーンと濃いグリーンのツートンの車体で、前部に「ムーンライト」と書かれた大きなヘッドマークがついている。

五分ほど停まっていただけで、快速「ムーンライト」は新潟に向けて発車していった。

十津川はホームにいた助役に話を聞くことにした。

「臨時とありますが、毎日出ているわけではないんですか？」

と、十津川はきいた。

「来年の二月いっぱいまでは、金、土、日、月だけ走ります」

「すると十一月二十四日は火曜日だから、動いてなかったんですか？」

「いや、十一月は一日から四日までと、二十日から二十四日までも走らせました。二十四日は動きましたよ」

と、助役はいった。

「新宿から新潟まで、どの線を使うんですか？」

亀井が首をかしげながらきいた。

「大宮まで埼京線《さいきょう》と平行する貨物線を走ります。大宮から先は、在来の新潟行きと同じですが」

助役は、まだＰＲが足りなくて、この列車のことを知っている人は少ないともいった。

「上野で十一時以降に出る新潟方面行きは、他にありませんかときいて、ないという返事でしたがね。あれは上野からといったからいけなかったんです。どこの駅からでもいい、他に列車はないかときくべきでした」

と、亀井が頭をかいた。

十津川は笑って、

「そりゃあ仕方がないよ、東北や上越方面の列車は、上野から出るものだと思っているからね」

と、いった。

次に、十一月二十四日の夜、改札をやっていた駅員に集まってもらい、彼らに小室京子の写真を見せた。

若い駅員が、彼女に会ったといった。

「やたらに『ムーンライト』のことを聞かれましたよ。どこに停車するのかとか、毎日出るのかとか、新潟行きはこれが最終かとか。正直いって、少しうるさかったですね」

「それは、何時ごろ？」

「十一時ごろです。彼女が、もし、あの列車に乗りたかったのなら間に合いませんでしたね。十一時になってしまいましたから」

と、その駅員はいった。

これで、辻かおりのアリバイが崩れたことになる。

十津川はすぐ、新潟県警の佐伯に電話を入れた。

佐伯が上京してきたのは、翌日だった。

「辻かおりの逮捕状を持ってきました」

と、佐伯は白い歯を見せて、十津川にいった。

二十四日の快速「ムーンライト」は、二十五日の午前四時四十七分に東三条に着く。辻かおりが、その時刻に東三条に降りたことが確認されたので、逮捕状をとったというのである。

十津川と亀井は、佐伯を連れて、新宿にある辻かおりのブティックに出かけた。

佐伯が逮捕状を示すと、かおりは真っ青になって、

「違うわ。あたしは小室を殺してないわ！」

と、絶叫した。

10

逮捕、連行されたあとも、かおりは無実を主張した。

「しかし、君は嘘をついた。二十五日の朝は自宅マンションにいたとね。実際は快速『ムーンライト』で東三条に行っていたんだ。証拠もある。そして弥彦神社で小室を殺し、新幹線で帰ってきた。そうなんだろう？」

十津川と佐伯が、かわるがわる訊問した。

かおりは、やっと快速「ムーンライト」に乗って、東三条に行ったことは認めた。

が、小室を殺したことは頑強に否定した。

「あたしは殺していませんわ。あの日『ムーンライト』で行くから、車で東三条に迎えに来てくれと、電話しておいたんです」

「二十四日の七時ごろだね？」

と、十津川がきいた。

「ええ。そうです。午前五時に来てくれって。でも来なかったんです」

「それで、どうしたんだ？」

と、これは佐伯がきいた。

「五時二十分ごろまで待ちましたわ。それでも小室が来てくれないんで、タクシーで弥彦温泉に向かったんです。近くなったら、パトカーなんかが集まっていたんで、びっくりしてタクシーを降りて聞いたら、弥彦神社で、ホテルの泊まり客が殺されたっていうんです。どうも小室らしいんです。このままでは自分が疑われると思って」

「逃げ出したのかね？」

「ええ。タクシーがつかまらないんで、弥彦線に乗って、燕三条《つばめさんじょう》まで戻り、新幹線で東京へ帰ったんです。本当です。嘘じゃありません」

「しかしねえ。君以外の誰が小室功を殺すんだ？」

「奥さんがいるわ！」

と、かおりが叫んだ。

「小室京子のことかね？」

「そうよ。彼女は、ご主人の小室があたしと付き合っているのを知っていて、頭にきてたのよ。だから二十四日の夜だって、あたしの店へ押しかけてきていたんじゃありませんか。彼女が先廻りして、弥彦神社で殺したんだわ」

かおりは、顔を赤くしてまくし立てた。

「しかしね。小室京子は十時半まで君の店にいたんだよ」

「ええ」

「君の乗った『ムーンライト』に彼女も乗っていたかね？　三両編成だからわかるんじゃないかね？」

十津川がきくと、かおりは急に力をなくした顔で、

「乗っていませんでしたわ」

「新宿駅の駅員も、小室京子が『ムーンライト』のことをいろいろ聞いたが、その列車には乗れなかったはずだと証言しているんだよ」

「じゃあ、もっと遅い列車で行ったんだわ」

「残念ながら、『ムーンライト』より遅く出発する新潟、東三条行きの列車はないんだよ」

「本当にないんですか？」

「ああ、一本もないんだ。したがって小室京子には殺せないんだよ」

と、十津川がいうと、かおりは黙って考え込んでしまった。

取調べは何回か行なわれたが、辻かおりは、東三条や弥彦の近くまで行ったことは認めたが、いぜんとして、小室は殺していないと主張し続けた。

「いくら否定しても、彼女が犯人に間違いないと思いますね」

と、佐伯は十津川にいった。

「そうでしょうね」

と、十津川もいった。

「彼女には動機もあるし、二十五日の早朝、現場近くにいた証拠もあるんです。動機があるのはもう一人、小室京子がいますが、こちらは『ムーンライト』には乗っていなかったんですから、二十五日の早朝、弥彦には行けません。となれば、誰が見ても犯人は辻かおりですよ」

と、佐伯は自信満々にいった。

「どう思うね？　カメさんは」

と、十津川は亀井の意見を聞いた。

亀井は、変な顔をして、

「警部は、辻かおりのアリバイが崩れた時点で、彼女が犯人と確信されたんじゃなかったんですか？」

「そうなんだがねえ」

と、十津川はあいまいな表情になった。

「辻かおりが犯人じゃないとなると、残るのは小室京子だけになってしまいますよ」

「そうなんだ」

「私はあれから念のために、列車を全部調べてみましたが、快速『ムーンライト』のあと、新潟、東三条方面に向かう列車が一本もないことは、間違いありません」

「なるほどね」

「免許をとったばかりの小室京子が、東三条を経て、弥彦までを運転していくのは、まず無理ですよ。また、二十四日の夜、新宿からタクシーで新潟、東三条へ行った人もいない。となれば、辻かおりしか犯人はいませんよ。警部は、何を危惧《きぐ》しておられるんですか？」

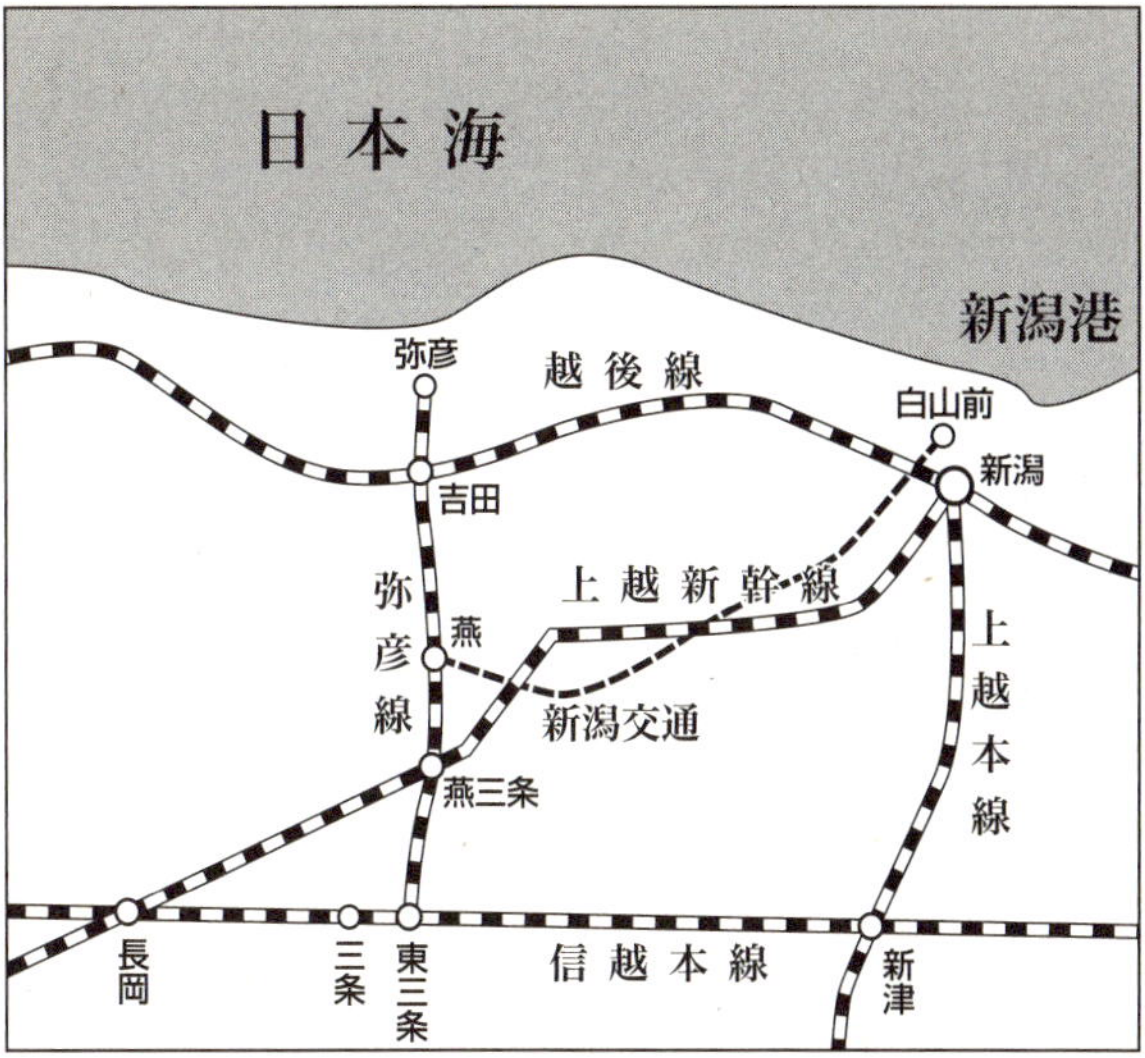

と、亀井がきいた。

「小室京子の二十四日の行動だよ。なぜ、二十四日に京子は辻かおりのブティックに押しかけたのだろう？　なぜ彼女は、かおりのあとを追《つ》け、快速『ムーンライト』に乗るのを確認したんだろう？　さらに、改札掛の駅員にあれこれ質問し、自分が『ムーンライト』に乗れなかったことを印象づけたのだろうか？」

十津川は、考えながらいった。

「しかし、それは考えすぎかもしれませんよ」

「ああ、わかってる。だが気になるんだよ」

「他にも気になることがありますか？」

「例えば、こんなことも考えてみたんだ。小室は妻の京子と別れる決心をした。二十四日の夜、かおりから電話のあったあとで、小室は妻の京子に電話をかけ、二人の間はもう終わりだといったんじゃないだろうかとね」

「ええ」

「京子は、敏感に夫の言葉の裏に、辻かおりの影を感じ取って、問い詰めた。そして、かおりが、翌朝、快速『ムーンライト』で弥彦に会いに来ることを聞き出した。京子は怒りに身をふるわせた。夫の小室を殺しただけでは気がすまない。辻かおりをその犯人にしてやろうと考えた」

「はい」

「どうしたらいいだろうと考える。快速『ムーンライト』で行くかおりの先廻りをして、弥彦で小室を殺してやればいいのだ。何も知らないかおりは、のこのこ弥彦に出かけていって、容疑者になるだろう」

「そこまではわかりますが、問題は何といっても、京子が先廻りして、弥彦に行かれたかどうかです。東三条にでもいいですが、不可能じゃありませんか？」

と、亀井がいう。

「不可能に見えるところが、かえって引っかかるんだよ。今もいったように、京子は新宿駅で改札口の駅員に、自分が快速『ムーンライト』に乗れなかったことを印象づけるような行動をしている。意地悪く考えれば、明らかなアリバイ作りだよ」

と、十津川はいった。

「それは、京子が犯人ならばでしょう?」

「もちろん、そうだがね」

「何度もいいますが、快速『ムーンライト』のあと、二十四日の夜、新潟、東三条に行く列車はなかったんです」

「ああ、わかってる」

「考えられるのは、翌朝の上越新幹線か飛行機ですが、どちらも間に合いません。辻かおりの先廻りはできないんです」

と、亀井はいった。

「もう一つ、電話のことがある。二十四日の午後七時ごろの他に、二十五日の午前一時ごろにも女から小室に電話があったじゃないか。かおりは、後者の電話は、自分じゃないといっている。それも、気になるんだよ」

と、十津川はいった。

「警部は、二十五日の午前一時のほうは、小室京子だと思われるんですか？」

「ああ。そうじゃないかと思うんだがね」

「しかし、それが小室京子だとしても、彼女が犯人ということには、なりませんよ。『ムーンライト』には、乗れなかったんですから」

「しかし、京子は、二十五日の午前一時に、電話してないといってるんだ」

「それは、二回とも、かおりがかけているからだと思いますよ」

と、亀井がいった。

「しかし、カメさん。かおりは、二十四日の午後十一時に、『ムーンライト』に乗ってしまっているんだよ。この列車には、電話はついてないから、二回めの電話は、かけられないいんじゃないのかね？」

「それが、かけられるんです」

「かけられる？」

「ええ。時刻表を見ると、『ムーンライト』は、〇時五五分に高崎に着き、一時〇九分まで十四分間、停車するんです。十四分あれば、ホームの電話を使って、ゆっくり小室にかけられますよ」

と、亀井はいった。

「二度も、なぜ、かけたんだろう？」

「念を押したんでしょう。絶対に、会いに来てくれとです」

「かおりは、二十四日の午後七時にかけたことも、『ムーンライト』に乗って、会いに行ったことも認めたんだ。なぜ、二度めの電話だけ、否定したんだろう？」

「それは、二度も電話したとなれば、いよいよ殺意が強かったと、思われてしまうからじゃありませんか」

と、亀井はいった。

11

佐伯は、辻かおりを容疑否認のまま、新潟へ連行していった。すぐ起訴手続きをとるといった。

それでも十津川は、考え続けた。

小室京子が田園調布の邸を売り払い、故郷の大阪へ帰るらしいという噂が聞こえてきた。

一等地にあるこの邸は、何十億という金額になるだろうという。

さらに彼女に若い恋人がいたらしいという噂も、十津川は聞いた。

十津川は、若手の西本刑事たちに、その噂を調べさせた。

「小室京子が、二十七歳の青年と付き合っていたことは本当です」

と、西本は報告した。

「どんな男なんだ？」

「彼女の親戚筋の男で、東京の会社に勤めていたんですが、急に会社を辞めて、故郷の大阪へ帰っています」

「すると、彼女は彼の後を追って、大阪へ帰る形になるわけか？」

「そうなりますね」

と、西本はいった。

（京子は、すでに夫への愛を失っていたのだ）

と、十津川は思った。

だが、ただ離婚したのでは、莫大な財産を失ってしまう。自分のほうにも愛人がいたことがわかれば、どれだけもらえるかわからない。

いっそ夫を殺してしまえば、全財産が手に入るし、辻かおりをその犯人にしてしまえば、気分的にもすっきりする。

（だから、かおりを罠にかけたのではないのか？）

しかし、快速『ムーンライト』を見送ってから、先廻りして弥彦神社に着く方法があるのか？

それに京子が犯人として、プロの十津川たちが、なかなかその方法がわからずに困っているのに、なぜ家庭の主婦である京子に見つけられたのだろうか？

二日、三日と過ぎ、四日めに何気なく朝刊を広げた十津川の眼に、次の文字が飛び込んできた。

〈年末の帰省は、ぜひ、帰省バスをご利用ください。毎日、東北、上越方面に、高速バスが走っています。座って帰れるバスをどうぞ〉

（これを京子も見たのではないのか？）

問題は、このバスが何時にどこから出て、向こうに何時に着くかである。

十津川は、高速バスを走らせているいくつかのバス会社に電話をかけてみた。

その結果、関越高速バスが池袋《いけぶくろ》から新潟に向けて、高速バスの夜行便を走らせていることがわかった。

一日六往復。これを、西武バス、新潟交通、越後《えちご》交通が分担している。最終の新潟行きは、池袋駅東口と池袋サンシャインシティ・プリンスホテルの前から乗ることができる。

十津川は、その時刻表を手に入れた。

二三時三〇分　サンシャインシティ・プリンスホテル前発車
二三時三五分　池袋駅東口発車
四時二二分　燕三条着
五時〇〇分　新潟駅着

午後十一時に新宿駅で快速『ムーンライト』を見送ってから、山手線で池袋に行き、東口で降りて、ゆっくり、このバスに乗ることができるのだ。

それに燕三条は東三条と弥彦の間にある。

この高速バスには電話がついているから、途中で弥彦温泉の小室に電話をし、燕三条で会ってぜひ話し合いたいといえば、夫の小室は応じただろう。離婚に同意するからといってもいいのだ。

それが、二十五日の午前一時ごろだったのだ。

車で迎えに来た小室を、京子は弥彦神社で、背後から刺殺したに違いない。

「もう一度、小室京子に会いに行こうじゃないか」

と、十津川は亀井に声をかけた。

解　説——十津川警部を招く北国

山前　譲
（推理小説研究家）

難事件の捜査で全国を精力的に駆け回っている十津川警部の初登場は、一九七三年に刊行された『赤い帆船《クルーザー》』だった。階級は警部補で、まだ三十歳という若々しい刑事の姿がそこにある。そして二〇一三年、十津川の活躍の歴史はちょうど四十年となったが、その後もハイペースで事件を解決している。これだけの長い期間、読者を魅了しつづけているキャラクターが、日本のミステリー界において特筆される存在であることは、今さら言うまでもない。

本書『十津川警部捜査行　北国の愛、北国の死』は、その十津川の解決した事件を四作収録しての一冊である。十津川がトラベル・ミステリーの探偵役として独自の地位を確立したのは、一九七八年刊の『寝台特急《ブルートレイン》殺人事件』からだが、ここにはその記念すべき長編からまだ間もない、すなわち国鉄時代の鉄道ミステリーも収録されている。懐かしさを覚える人も多いだろう。また、トリック的にも複雑な仕掛けがあって、読み応えのある一冊となっている。

巻頭は、北海道を舞台にした「おおぞら3号殺人事件」（「別冊小説宝石」一九八三・九　光文社文庫・祥伝社文庫『高原鉄道《ハイランド・トレイン》殺人事件』収録）だが、初収録の短編集の「あとがき」で西村氏は、この短編についてこう述べていた。

北海道は、広大で、厳しい自然条件に、支配されている。

特に冬は、零下何十度にもなる。その中を走る列車も、特別に造られたものでなければならない。北海道の鉄道を利用する楽しみの一つは、特別仕様の車両にめぐりあえることである。

キハ183系と呼ばれる気動車特急のニューフェイスも、その一つである。角張ったいかつい正面は、いかにも、北海道の大地を走るにふさわしい。

このキハ183系列車が、函館《はこだて》―釧路《くしろ》間を走る特急「おおぞら」である。

キハ183系気動車は、北海道ならではの耐寒耐雪の特急車両として開発された。一九八〇年に試作車が走りはじめ、翌一九八一年十月から量産車が使用されている。「おおぞら」だけでなく、「オホーツク」「北斗」「とかち」などの北海道の特急としても、そして改造車両が「オランダ村特急」ほか九州でも走った。十津川シリーズでは『特急「おおぞら《ハイデッカー・エクスプレス》」殺人事件』（一九八七）でも舞台となっている。

その『特急「おおぞら」殺人事件』では亀井刑事の息子が誘拐されていたが、「おおぞら3号殺人事件」では亀井の姪である風見典子が函館駅から乗った、釧路行きの特急「おおぞら」がアリバイ・トリックの鍵を握っている。北海道ならではの列車運行を犯人は利用するのだった。

北海道は都道府県では最大の面積を誇っている。だが、一九八一年刊の『北帰行殺人事件』以下、『オホーツク殺人ルート』、『函館駅殺人事件』、『宗谷本線殺人事件』、『ミニ急行「ノサップ」殺人事件』、『釧路・網走殺人ルート』、『スーパーとかち殺人事件』、『十津川警部「友への挽歌」』、『愛の伝説・釧路湿原』……北は稚内《わっかない》、東は根室《むろ》、西は小樽《おたる》、南は函館と、十津川シリーズはその広大な大地をまさに網羅《もうら》してきたのだ。

それにしても、十津川警部の四十年を超える活動歴にはやはり歴史を感じる。「おおぞら3号殺人事件」の風見典子は鉄路で東京から北海道へと向かう。上野《うえの》駅から青森《あおもり》行きの寝台特急「ゆうづる」に乗り、青森からは青函《せいかん》連絡船の大雪丸で津軽《つがる》海峡を渡っているのだが、「ゆうづる」は運転終了となってしまい、青函連絡船も一九八八年に廃止されている。だから、残念なことに、もう典子の旅を再体験はできない。しかし今では、新青森・新函館北斗間で北海道新幹線が開業し、北海道への鉄道の旅はさらに快適なものとなっている。日々刻々、とはちょっとオーバーだが、日本の鉄路は変身しつづけているのだ。

十津川警部の部下が、東北本線を北へと走る特急「やまびこ」に乗って、実家のある盛岡《もりおか》へと向かっているのは「新婚旅行殺人事件」（「小説現代」一九八一・三　光文社文庫『蜜月列車《ハネムーン・トレイン》殺人事件』収録）である。初収録の短編集の「あとがき」で、トリックを思いついたきっかけが以下のように語られていた。

「やまびこ5号」に乗って、盛岡へ行くことになり、時刻表を見ると、十四番線から、一四時三三分に発車すると書いてある。発車前に写真を撮りたかったので、ホームに、何時に入っているのかと調べると、入線時刻は、一三時四三分である。

ところが、何気なく、他のページを繰っていると、同じ東北本線の上りの中に、「はつかり2号」の上野着が、一三時四三分で、十四番線に入ると書いてある。あれ、これでは、同じ十四番線で、「やまびこ5号」と「はつかり2号」が、ぶつかってしまうのではないかという素朴な疑問がわき、それを土台にして書いたのが、

「新婚旅行殺人事件」である。

列車内で爆弾が爆発するというスリリングな発端に、青森と東京を結んだダイナミックなアリバイと、長編に匹敵する謎解きが堪能《たんのう》できる作品だが、ミステリー作家が時刻表からどのようにしてトリックを構築していくのかという視点からも、じつに興味深い一作となっている。

この「新婚旅行殺人事件」に登場する「やまびこ」は、一九五九年に準急列車として福島《ふくしま》・盛岡間を走りはじめた。数年でいったん廃止されたが、一九六五年に上野・盛岡間の特急列車として復活する。以後、東北本線の人気特急として愛され、一九八二年に開業した東北新幹線でも、「やまびこ」の名は残った。二〇一〇年に東北新幹線は新青森駅まで全線開通しているが、「やまびこ」は東京と仙台《せんだい》や盛岡を結ぶ列車として今も活躍している。

ところで、四十年以上になる探偵行のなかで、十津川はいったいいくつ温泉を訪れたことだろうか。温泉大国の日本だけに、温泉地は三千か所以上あるそうだ。もちろんそのすべてを堪能することは、なかなか難しいだろうが、十津川もかなりの数の温泉を訪れている。そのほとんどは職務でだったが、「河津七滝に消えた女」のように、妻の直子《なおこ》とのくつろぎのひとときもあった。

「恐怖の橋　つなぎ大橋」（「オール讀物」一九九四・十一　文春文庫『恐怖の海　東尋坊』収録）では、盛岡の奥座敷といわれる繋《つなぎ》温泉が舞台となっている。

繋温泉は平安末期、安倍貞任を攻めた源　義家《みなもとのよしいえ》が湧いているのを発見したという。傷ついた愛馬を、穴のあいた石に繋いで入浴させたと伝えられているのが、その名の由来《ゆらい》である。現在は人造ダム湖の御所《ごしょ》湖に面して温泉街が広がり、駒ヶ岳の山並みや新緑から紅葉までの花々に雪景色、そしてシベリアからやってくる白鳥と、四季折々の自然が楽しめる。また、近くにある小岩井《こいわい》農場も観光客で賑わう。

その御所湖にかかる繋大橋に、着物姿の謎の美女が現れるという噂が流れた。そんな噂話にそそられて、深夜に橋へ向かった温泉客が、水死体となって発見される。そして今度は女性客が、さらに元刑事が……。その謎を解くため、十津川と亀井が休暇をとって繋温泉へ向かっている。もちろん休暇は名目だ。温泉にゆっくりつかる暇のないふたりだった。

最後の「快速列車『ムーンライト』の罠」（「小説宝石」一九八八・二　光文社文庫『十津川警部の怒り』収録）は、新潟《にいがた》県の弥彦《やひこ》神社の境内で、男性の死体が発見されている。殺されたのは東京から単身赴任中のサラリーマンだ。警視庁捜査一課の十津川班が捜査協力をするなか、東京と新潟を結ぶアリバイが注目されていく。

「ムーンライト」とはなかなかロマンチックな愛称だが、もともとは、東京と新潟を結ぶ高速夜行バスに対抗して企画された臨時列車だった。一九八六年に走りはじめると、利用客が多く、一九八八年三月から新宿・村上間の定期列車となっている。

その後、列車名を「ムーンライトえちご」と変えて走りつづけたが、二〇〇九年のダイヤ改正で定期列車としての運行はなくなり、年末年始などの臨時列車となった。そして二〇一四年夏以降は運行されていない。十津川シリーズの長編では、二〇〇六年に『夜行快速《ムーンライト》えちご殺人事件』が刊行されている。


本書収録の四作は、いずれも北国で起こった事件である。十津川シリーズに北海道や東北を舞台にした作品が多いのは周知のことだろうが、『十津川警部 雪と戦う』や『越後湯沢殺人事件』、あるいは『「雪国」殺人事件』など、新潟県を舞台にした長編もある。

そして、二〇一三年末には、飛行機のファーストクラスを意識した豪華な客室〈グランクラス〉を舞台にしての、『十津川警部 東北新幹線「はやぶさ」の客』が刊行された。どうやら十津川警部が、そして亀井刑事以下の十津川班が、北へ向かう機会はこれからもまだまだありそうだ。

二〇一四年三月　ジョイ・ノベルス（有楽出版社）刊

本書収録の作品はフィクションであり、実在の個人および団体とは一切関係ありません。また、現在と違う名称や事実関係が出てきますが、小説作品として発表された当時のままの表記、表現にしてあります。

（編集部）

実業之日本社文庫 に1 13

十津川《とつがわ》警部《けいぶ》捜査行《そうさこう》　北国《きたぐに》の愛《あい》、北国《きたぐに》の死《し》

2016年8月15日　初版第1刷発行

著　者　西村《にしむら》京《きょう》太郎《たろう》

発行者　岩野裕一
発行所　株式会社実業之日本社
〒153-0044　東京都目黒区大橋 1-5-1
クロスエアタワー8階
電話［編集］03(6809)0473［販売］03(6809)0495
ホームページ　http://www.j-n.co.jp/
印刷所　大日本印刷株式会社
製本所　大日本印刷株式会社

フォーマットデザイン　鈴木正道（Suzuki Design）

ISBN978-4-408-55306-1（第二文芸）

実業之日本社文庫　最新刊